Botho Strauß
Rumor

Carl Hanser Verlag

ISBN 3-446-12990-1
Alle Rechte vorbehalten
2. Auflage 1980
© 1980 Carl Hanser Verlag München Wien
Umschlag: Karl Ernst Herrmann
Foto: Ruth Walz
Satz: Maschinensetzerei Janß, Pfungstadt
Druck und Bindearbeit: May & Co., Darmstadt
Printed in Germany

Rumor

Bekker ist tatsächlich zurückgekommen.

Ganz unerwartet ist er auf Zachlers Monatsfest erschienen. Bekker. Großes Hallo. Viele drängen zu ihm, ihrem Mann von draußen, der immer wieder den Mut fand, ohne das Institut zu leben, der es zumindest immer wieder versucht hat. Doch weicht bald einer nach dem anderen bedrückt zur Seite, geradeso wie im Werbestreifen der sich viel versprechende Mann vor der Frau mit Körpergeruch abdreht und die Nase rümpft. Bekker redet kaum etwas und mißt sie alle still mit Blicken, zu denen sich ein gnadenloses Erinnern abzuspielen scheint, die alten Kollegen und auch den Hausherrn, den immer stärker werdenden Chef.

Er kommt mir heute etwas schmächtiger vor als in früheren Jahren, trotz der hohen Gestalt, trotz des breiten Schädels mit dem glatt nach hinten gekämmten Haar und den starken Stirnhökkern. Die Schultern hängen so. Aber das mag an seiner komischen, verworrenen Bekleidung eher liegen als an einem Rutsch der Knochen. Er steckt in einer schlapprigen, wollenen Hausjoppe mit Herzflicken auf den Ellenbogen, darunter ein buntkariertes Hemd und an den Füßen Schuhe so klobig und marschfest, wie man sie wohl in second-hand shops der Bundeswehr erhält. Allein die dunkelblaue Hose mit strengen Bügelfalten, weitem Bein und breitem Aufschlag geht durch, ein etwas sonderbarer Torso von Abendeleganz. Die ganze Erscheinung in diesem gespaltenen, auseinanderstrebenden Aufzug wirkt wechselnd ältlich und gebrochen, dann wieder männlich überragend. Tatsächlich wird Bekker zwischen Anfang und Mitte vierzig sein, ja kaum älter als ich selbst. Wenn sein Gesicht sich nicht bewegt, die Augen dunstig von unten heraufblicken, der Mund halb offensteht, dann gemahnt er, eingefallen, belastet, abgekämpft, an einen alten oder plötzlich alt gewordenen Mann. Sobald er spricht hingegen und es gerne tut, straffen sich die Züge, die Augen ziehen scharf. Mich bemerkt er zunächst überhaupt nicht. Erst als ich schließlich zu ihm gehe und ihn in die Arme fasse, taut er auf, es wird ihm wohler, er geht ein wenig mehr aus sich heraus. Nur kurz erwähnt er Oldenburg und seine Plagen dort während der letzten beiden Jahre. Das liegt zurück, es hat nicht viel erbracht. Die unmittelbare Wirkung des Wiedersehens, die Ausstrahlung seiner Persönlichkeit, seine lodernde Intelligenz nehmen mich augenblicklich in ihren Bann. Ich vermag ihm nur ungenau, mit verschwimmender Auffassung zuzuhören. Ich denke nur: Unter all dem Winke-Winke von uns anderen ist Bekker wahrhaftig eine schneidende Gebärde. Wenn er je Macht besäße (und sie besitzen wollte!), er könnte mehr Leute an sich ziehen und stärker binden als selbst Zachler, der inzwischen allein durch seine Stellung verführt und glänzt, im Wesen aber kaum noch Feuer hat. Im übrigen macht es mich etwas nervös, daß Bekker mich nicht mehr wie früher einfach Bruno nennt, sondern dauernd Bruno Stöss, also den ganzen Namen zu mir sagt, eine kühle oder halbvertrauliche Anrede, wie sie zuweilen gleichrangige Offiziere oder Berühmtheiten untereinander verwenden.

Bekker und ich, wir haben vor zwölf Jahren gemeinsam in Zachlers Institut angefangen. Es nennt sich etwas hochtrabend Institut, Institut für Nachricht, das IfN, und ist in Wahrheit doch nur eine ganz gewöhnliche, mittelgroße Firma, die statt mit Kugellagern oder Sportartikeln mit Informationen, Trendberichten, Modellplanungen und dergleichen Handel treibt; ein privates Unternehmen mit beschränkter Haftung, einem Besitzer und rund drei Dutzend Angestellten, von denen, mit Ausnahme der Büro- und Buchhaltungskräfte, jeder auf einem besonderen technischen oder wissenschaftlichen Fachgebiet ausgebildet ist. Das Institut vertreibt know how in praktisch allen wichtigen Bereichen der modernen tätigen Gesellschaft. Hier arbeiten wir alle unter einem Dach: der Betriebswirt, der Verwaltungsjurist, der Informatiker, der Urbanist, aber auch der Fachmann für Touristik, der Psychologe, der Sozialpädagoge. Jeder kontrolliert in seinem Fach den Stand der neuesten Entwicklungen, analysiert Nachrichten, fertigt Hintergrundberichte an, die als sogenannte newsletter von unseren Kunden in Wirtschaft und Lehre und den politischen Verbänden bezogen werden. Obwohl es sich doch bloß um ein gebrauchsfertiges Wissen handelt, das wir findig ordnen und makeln, und obwohl unsere Ideenprodukte, die für teures Geld hinausgehen, letztlich niemals auf einer eigenen schöpferischen Leistung beruhen, zögert Zachler nicht, sein Institut gelegentlich ›eine eigentliche, kleine Universität‹ zu nennen und sich und seine Mitarbeiter mit höheren geistigen Wertbegriffen zu schmücken.

Ich verstehe sehr gut, daß Bekker unseren Betrieb immer gehaßt hat, die ganze Art und Weise, wie Zachler ihn leitet und die Macht der Blaupause verkörpert, und auch wie wir anderen, zugegeben: wir alle, nur um Zachler kreisen und sobald wir selbst etwas zu leiten haben, uns vollkommen mit ihm identifizieren. Das muß jemand wie Bekker immer als abstoßend empfunden haben. Nun wird man allerdings berücksichtigen, daß er im Institut bei weitem nicht jene Karriere gemacht hat, die einen, aufsteigend, immer enger und schließlich mit allen Fasern an solch einen Betrieb fesselt. Als junger Mann mit abgebrochenem Jurastudium war er zu Zachler gekommen und hatte sich sogleich mit einer Fülle fruchtbarer

Ideen am Ausbau des Instituts beteiligt, galt zeit-weilig sogar als der engste Vertraute des Chefs, ohne eigentlich ein genau umgrenztes Amt zu führen. In späteren Jahren dann, als die Vielfalt der Fachbereiche zunahm und häufig ein fein ab-gestimmter Zusammenhang unter den Experten hergestellt werden mußte, sah man, wie er nach und nach den Boden unter den Füßen verlor, sich um zu vieles und um nichts geduldig und kundig genug kümmerte, wie er allmählich hinter uns auf der Strecke blieb, im Hause unbedeutend wurde. Schließlich hatte er nie einen Sektor selbständig geleitet oder war auch nur einem Gruppenprojekt vorgestanden. Stattdessen ist er mehrmals ausge-rissen. Ich glaube, drei- oder viermal hat er ver-sucht, dem Institut den Rücken zu kehren und wieder an der Hochschule Fuß zu fassen. In Dortmund oder Oldenburg, irgendwo bot man ihm dann die Teilnahme an einem Forschungs-programm oder einer Auftragsstudie an. Zwi-schenzeiten, in denen er so ziemlich auf dem trockenen saß, gab es indessen auch. Ab und zu mußte er sich als Warentester oder Adressen-händler, als Interviewer und Taxifahrer durch-schlagen. Jetzt sieht es also so aus, als stünde er wieder einmal vor den Toren.

Das Institut ist ein Scheißhaus des Geistes und eine Zuchtstätte des Idiotismus. Man gleicht diesem Leuchtpunkt mit seinem züngelndem Schweif, ein Geißeltierchen, der immer die gleiche Bahn fällt auf dem Oszillographen, verschwindet, zur anderen Seite des Schirms wieder auftaucht, wieder die gleiche Bahn fällt und mit einer Differenzbreite von ± 2 mm die Präzision einer Systemverschweißung mißt. Dieser Punkt sein und nichts anderes. Nur Drill und Fakirtum der falschen Weltsicht haben uns beigebracht, eine solche Auszehrung und solche Stiche des Herzens zu erdulden. Je länger ich auf den Schirm starre, um so schärfer sehe ich die verschiedenen Entwicklungsstufen des Menschen zum Idioten heraufziehen vor meinen Augen, sehe ich sie dargestellt von einem grundgewöhnlichen Exemplar der Gattung, welches wahrscheinlich ich selber bin, das immerzu an der hohen Mauer, die das Institut umgibt, entlanggeht, mal flüchtet, mal schleicht, sich duckt und kackt, an der Mauer kratzt und auf Gegenkratze lauscht, sich anlehnt und sich festsaugt am dichten Gestein, die Mauer mit klafternden Armen zu umfassen sucht, sie bespringt wie ein Hund und dann wieder nur geht, geht, geht...Ich muß unablässig an die Vernunft denken, wie ein Idiot, der sie längst verloren hat und ihr trübe nachsinnt. Wir sind Idiot, wenn es hoch kommt. Wenn es hoch kommt, tief gefügig geistesschwach. Hörigkeit und blindes Verfallensein an die ichstarken Naturen, Nachäffung des Vorgesetzten, die Sucht, die Wut, sich Bindung zu verschaffen um jedweden Preis, und sei es um den der Selbstaufgabe, diese Krankheit greift jetzt bei uns in erschreckendem Maße um sich. Einer unserer fähigsten Nachrichtenanalytiker, Krähkamp, hat sich inzwischen restlos in eine Kopie des Chefs verwandelt. Es reicht bis in den Wortschatz und die Tonfälle hinein, bis in die Wahl der Kleidung und der Zigarettenmarke, und selbst die üble Angewohnheit, einem die Sätze aus dem Mund zu nehmen, noch bevor man zuende gesprochen hat, wurde von Zachler, vom Chef beliehen. So geht das reihum. Die Ichschwachen, darunter gebildete, besterzogene Menschen genauso wie grobe Klötze oder Ahnungslose, taumeln halberstickt durch unsere Flure und finden nur dann noch Halt und wieder Puste, wenn sie in den kräftigenden Äther irgendeines Ich-Heroen eintauchen dürfen. Aber auch außerhalb der Firma, unter Freunden und Bekannten, ist es nicht viel anders: jeder sucht in seiner näheren Nachbarschaft nach seinem Führer, seinem Guru, seinem Atemgeber, sei es nun der Chef oder ein Dr. med. oder ein Aikidomeister. In allen Winkeln erhebt sich irgendein Menschenbefehler, ein Ausstrahler, ein kleiner Schamane. Und die bringen es natürlich fertig, bei ihren Hörigen die sogenannten ungeahnten Kräfte freizusetzen und die freigesetzten Kräfte lassen dann in der Regel ein gänzlich entleertes Gefäß zurück. Die Ichstarken werden täglich stärker. Die, denen sie folgen dürfen, Geniegeschmeiß, gefräßige Wracks, sprechen sie Größe um Größe zu, weil ja niemand eines unsicheren Wackelkopfes Diener sein mag. Mich Normbruder dagegen lassen sie hübsch beiseite stehen. Unter meinen kurzsichtigen Pupillen kann keiner sein Strahlbad nehmen. Wenn ich spreche, denken die Leute gern an etwas anderes... Ach ja, durchschau nur, durchschau die ganze lächerliche Szenerie, wie deine Freunde sich verwickeln und alle anderen auch. Es ist nur das Durchschauen so vollkommen unnütz! Solange du selbst überhaupt nirgendwo drinsteckst und ewig kalt beiseite stehst, da hast du leicht durchschauen und sehnst dich doch nach der kleinsten Träne einer Hingabe, die wenigstens ein Rändchen Trübung ins Auge brächte.

Irgendetwas ist los. Die Leute benehmen sich immer sonderbarer. Martin legt sich mitten im Fest nebenan auf die Couch von Zachlers Bibliothek und windet sich vor Kummer, klagt, daß Joe ihm unaufgefordert nicht die achtunddreißig Schweizer Franken zurückgibt, die er ihm seit letztem Ostern schuldet. Heult, daß man ihn derart mißachte und solcher Kleinigkeiten nicht gedenke, wenn's gerade immer ihn betrifft. Ich finde, er übertreibt. Ebenso die Flensch. Plötz-

lich schreit sie wie am Spieß, draußen auf der Diele, bloß weil ihre Freundin die Tür zur Straße
offenstehen ließ, nachdem sie sich verabschiedet
hatte und zu ihrem Wagen ging. Was ist los? Ein
Mädchen, das ich nicht kenne, vielleicht aus dem
Versand, plötzlich aus heiterem Himmel, wie aus
dem Vulkan gespien, stößt sie einen Feuerschwall
von Bosheit über den geduckten Rücken ihres
Galans, dem sie eben noch so süchtig an den Lippen hing. Ich dachte noch: wie die zuhören
kann!, und die Augen beflattern dies kostbare
Gesichtsstück, ruhelos, ein unüberschaubarer
Schatz, ich dachte, die heizen aber schamlos vor,
hier mitten unter allen Leuten heizen sie vor fürs
Bett, und eben noch ist sie ganz Ohr, als ihr
Freund mit dem Hausherrn ulkt, liest ihm die
Witzchen vom Munde ab, stets die erste, die hek-
tisch kichert, und dann, nachdem sie sich über
den Tisch gebeugt und beflüstert haben, plötzlich
steht sie aufgesprungen bebend in der Höhe,
kalkweiß im ganzen Gesicht und mit einem toll-
wütigen Zischen im Mund, hinab auf den Mann,
reißt sich vor ihm das Kleid von oben bis unten
entzwei und schüttet den gehäuften Aschenbecher über ihren Haaren aus, läuft davon, zeternd
und gekrümmt, die Schuhe, die steilen Korkko-
thurne von den Füßen schleudernd, rennt barfuß
unter der fliegenden Fahne ihres zerrissenen
Kleids durch die dichte Abendgesellschaft hinaus

auf die Straße...Welches Wort war da gefallen, welches allein so mächtig, um von einem Augenblick zum nächsten, mitten aus bester gemeinsamer Laune heraus, in dem jungen Lärvchen einen solch altgewaltigen Zorn und Abschied aufzurühren?

Sehr entsetzte, auf den Zehenspitzen ihres Seins wippende Naturen. Viele, die überhaupt nicht wissen, wie ihnen geschieht, und plötzlich klagen sie wie Gefolterte, schreien wie Angezündete, von nicht mehr als einem Luftzug getroffen! Oder ins Nichts einer verpaßten U-Bahn starrend wie in Gorgos Gesicht. Diese Menschen scheinen oft nicht mehr fähig, ihrer Gattung gewöhnlichste Läufe zu bestehen und wehklagen bei kleinstem Malheur wie antike Kämpfer unter drohenden Göttern. Sie übertreiben. Sie suchen sich gewaltsam zu erschöpfen. Geben sich in großem Stil geschlagen bei allergeringstem Anstoß. Sie übertreiben und sind nicht mehr eingepaßt in ihre gewöhnliche Schale und unfähig, in der kleinen Schale, alternd, gemäßigt auf und ab zu gleiten. Ihre Einrichtung bestürzt sie.

Ein wenig später erscheint auch Grit, Bekkers Tochter, auf dem Fest. Ich sah sie seit einigen Jahren nicht und bin verblüfft, zu welch einer selbstsicheren, schönen jungen Frau sie sich entwickelt hat. Sie ist schlecht gelaunt und muffelt. Vorerst hat sie nur zweierlei mitzuteilen, nämlich daß sie weit und breit nichts zu parken fand als einen Gehsteigplatz drei Straßen hinter dem Wasserwerk, und dann im selben Atemzug: sie mache gerade eine Trennung durch, es sei entsetzlich. Das sagt sie so vorneweg, wie andere Leute wissen lassen, daß sie sich vor kurzem das Rauchen abgewöhnt oder eine Diätkur begonnen haben. Es fällt bald auf, daß Vater und Tochter etwas ungewiß, ja fast verlegen zusammenstehen und sich gegen die übrigen Gäste abzuschließen suchen. Man merkt es beiden an, daß sie sich seit kurzem erst sehen und ziemlich verändert wiederfanden. All die Jahre nach der Scheidung, in denen Grit bei ihrer Mutter lebte, während der Schulzeit und der Ausbildung zur Fremdsprachensekretärin, blieben die Besuche des Vaters spärlich und vergingen fast immer unerfreulich, im Zank der Ansprüche, die die getrennten Eltern gegeneinander erhoben. Es schien, als habe Bekker nie eine besonders innige Bindung an seine Tochter empfunden. Nur selten sprach er von ihr. Jetzt, abermals auf der Rückreise zum Zachlerschen Institut, sucht er sie in der Stadt – sie lebt inzwischen in einer eigenen Wohnung und hat ein kleines Reisebüro in Pacht übernommen, da sich ihr Wunsch, im Ausland eine gute Stelle zu finden, noch nicht erfüllen ließ – und so findet er nun mit einem Mal einen ganz erwachsenen und selbständigen Menschen vor, in dem ihm das eigne Kind teils entschwunden, teils endlich erst erreichbar zu sein scheint. Auch Grit benimmt sich nicht so, als sei ihr der Papa nie ausgegangen. Beide streifen mit großer Vorsicht und manchmal unsicheren, fremden Blicken aneinander, was angesichts ihrer leiblichen Verwandtschaft, der auffallenden Ähnlichkeiten im Gesicht etwas sonderbar Künstliches und Gespanntes bekommt. Bald stört sie das Gedränge und der Lärm in der Halle und sie weichen in einen Nebenraum aus, das peinlich von allen persönlichen Utensilien entblößte Studio von Zachlers Frau, wo sie die nötige Ruhe finden, sich leise zu erkundigen und immer freier zu erzählen. Grit berichtet Neues von der Mutter, die in Süddeutschland mit einem Häusermakler lebt, spricht über Joseph, ihren Freund, von dem sie sich gerade trennt, über Musik, die er und sie gerne hörten, über andere, die sie entzweite. Das meiste kommt so obenhin, aus dem Inneren aber nur Spärliches. Bekker hingegen reißt sich, wie man so sagt, die Brust auf, nachdem er einmal sicher ist, daß Grit nicht auf Erinnerung hinaus will und seine Vergangenheit als schlechter Vater nicht verhandelt werden soll. Es drängt ihn, sich ihr immer kühner anzuvertrauen, gerade so als falle die Last, zu schweigen vor dem unverständigen Kind, das sie über zwei Jahrzehnte für ihn war, mit einem Polter, endlich, von ihm ab. Er redet aufgewühlt und oft in dunklen, schroffen Fantasien, die wenig über sein Tun und Handeln, sein äußerliches Leben und viel über seinen Zustand, seinen unfriedlichen, nach allen Seiten zugleich sich aufbäumenden Geist verraten. Sie sitzen nebeneinander auf zwei von der Hausfrau selbst entworfenen steilen Stühlen und Bekker trinkt heftig vom Cognac, den Zachler ihm mit einer Geste von besonderer Beschämung in den Arm gedrückt hat, als ein stummes anzügliches Willkommen. Je mehr er davon trinkt, je feiner und bewegter Grit zugegen ist und hört, wunderschön hört, desto rücksichtsloser redet der Vater seine zerstückelte Welt hervor, und diese Rede will nicht enden, trägt beide bis in den frühen Morgen, als in der Küche schon die Gabeln für den Heringshappen klappern, und immer wieder faßt er die Hand der Tochter und hält sie über seinem Knie fest. Hin und wieder bleiben Gäste, die nach Hause wollen, an der offenen Tür stehen, manche treten auch herein, hören ein Weilchen zu und verschwinden dann wieder. Kurz vor dem Katerfrühstück sind dann schon die Kinder auf und erfreuen sich an dem wüsten, verschmutzten Haus. Auch Bekker zählt für sie zum Gerümpel nach dem Fest. Sie tollen über ihn her und klettern an ihm hinauf und nennen ihn, von seinen Schultern rutschend, einen betrunkenen Berg.

Aufgewachsen unter dem schweren Winterfeld-
zugsmantel eines wütenden Offiziers, der nicht
mein Vater war, jedoch an seine Stelle tretend die
Mutter und mich in fürchterliche Obhut nahm,
ein Major aus Hitlers Ostarmee, vorzeitig heim-
gekehrt aus den Wäldern von Klin, unehrenhaft
entlassen, der Empörung angeklagt, ein gefällter,
zerrissener Kämpfer, rachsüchtig und selbstherr-
lich, und nur mir, seinem geliebten Schützling,
zärtlich zugetan und ihn mit dem geballten Rest
seiner Lebenskräfte erfüllend, die da waren: Haß,
Verachtung, Vernichtungsdrang und Wille zum
Tod... So erhebt sich wieder dieser Schatten
mächtig über meinem Rücken und es ist, als ob
das frühe Böse jetzt erst richtig wirke und mache,
daß sich der enge Umlauf meiner Lebensschritte
immer enger zuschließt und bald vielleicht in einem tollen Wirbel um die eigne Achse endet. Ich
stehe noch einmal, ein letztes Mal gewiß, vor dem
Eingang des Instituts, zu dem ich als junger Mann
aus der bedrückendsten Herkunft wie zu einem
Tempel der Seligen geflohen bin, von dem ich mir
endlich freie Entfaltung, gute und richtige Lehre,
Lebenssinn erhoffte und wo ich doch, unter
Zachlers Herrschaft, in die allerschrecklichste
Strafanstalt geriet, in die ein auf Selbständigkeit
hoffender Mensch nur geraten kann. Vier Mal, im
ganzen vier Mal in meinem Leben habe ich versucht, diesem magischen Gefängnis zu entfliehen

und anderswo Arbeit und Auskommen zu finden. Immer wieder hat es mich auf eine ekelerregende, aber unwiderstehliche Weise zurückgezogen, immer wieder bin ich, und jedes Mal unglücklicher, zurückgekehrt.

Zachlers Institut, das IfN, in dem nur mittelmäßige bis scheiternde Leute arbeiteten, denen man ein ziemlich niedriges Gehalt zahlen konnte oder, so wie mir, einem Anfänger mit abgebrochenem Studium, fast gar nichts, einem Lehrling, der einfach alles machen mußte, sobald er morgens um halb acht mit Sekretärinnen und Buchhaltern im Firmenbus gebracht worden war, vom Ausleeren der Papierkörbe bis zum Abfassen von Werbeanzeigen, und der dabei soviel falsch machte, daß man ihm oft genug mit geheuchelter Sorge zu bedenken gab, wie schwer er es doch wohl außerhalb der Firma, ein wie schweres, wenn nicht gar unmögliches Durchkommen er draußen in einem allgemein viel härteren Berufsleben haben würde. So wurden und werden auf allen Stufen und Etagen die Leute bei Zachler in Abhängigkeit bewahrt. Sie werden künstlich mittelmäßig und scheiternd gehalten, damit sie sich, bei fortdauernd niedrigem Gehalt, ängstlich an die Betriebsfamilie, an Zachler und die Sektorenvorstände anklammern. Natürlich gab es auch außer mir hin und wieder jemanden, der aus eigenen Stücken die Firma verließ und draußen was

Besseres suchte. Und natürlich mußte ihm das danebengehen, weil die Firma ja lange genug eine Zuchtstätte seiner Komplexe und Schwächen war. Aber dann, was für ein Fest des Vorstands, was für eine kraftvolle Bekundung der Familie!, wenn ein Unglücklicher leise wieder vorsprach und um Rückeinstellung ersuchte. Der Vorstand, Zachler selbst begrüßte und umarmte jeden dieser gestrauchelten Aufsteiger mit großer Herzlichkeit und drückte ihn auf seinen alten Arbeitsplatz nieder oder auf einen sogar geringeren. Fast immer fühlte sich der Heimkehrer dann in der alten Familie unendlich viel wohler als vor seinem Fluchtversuch. Meistens konnte sich der Vorstand für alle Zukunft auf ihn verlassen.

Meines Wissens bin ich der einzige, der es mehr als ein Mal versucht hat. Bei etwaiger und dann gewiß letztmaliger Wiedereinstellung droht mir unweigerlich ein Posten irgendwo in der Rückkontrolle, dem geschmähtesten Abteil der ganzen Firma, so daß es schon ein geflügeltes Wort geworden ist, mit dem man einen sich irrenden Analytiker gerne bewarnt: ›Was du da vorlegst, ist der sichere Weg in der Rückkontrolle.‹

Jetzt also, auf der Kippe zu Zachler zurück, steigt mir im Rücken das Majorsmonster wieder auf, der greuliche Erzieher. Jetzt drängt diese Gestalt wieder hervor, der steinern betrunkene, schwere

Mann, den ich so oft rütteln mußte, wenn er sich in die Erde und die Tulpen des Kurparks gekrallt hatte oder, wie einmal geschehen, auf dem Heimweg in ein Schaufenster gestürzt war. Damals, zuhaus, unten an der Lahn. All die Jahre über habe ich nicht mehr an ihn gedacht, diesen häuslichen Narren mit dem Gesicht eines Silen, den zeternden Staatsfeind im Ruhestand, Rache an seinem elenden Kommandeur sich täglich frisch mit der Frühstücksmilch aufkochend; aber dann brach ihm doch auf halber Strecke der Kopf zusammen. Betrogen um den Feind, den Kampf, das Töten, kreiselte er unlebendig dahin, gab nur noch ein schläfriges Wiederkäuen des alten Hasses, der großen Verurteilungen von sich, die einst die ganze Hitze seiner Person gewesen waren. Ein Vater und ein Schlächter, unehrenhaft entlassen, nun nähert er sich noch einmal, hängt mir seinen schweren Mantel über die Schultern, daß ich mich darin wohl aufrecken möge, geradeso wie unter dem Rindskadaver auf Bacons Gemälde der unkenntliche Mensch mit Regenschirm und blutigem Maul. Noch einmal aus sich herausgehen, noch einmal sich austoben, ja? Und dann in aller Stille sich zurückziehen ins Institut...

Gehen wir also die Stadt hinunter. Sehen wir uns um. Wir sind angelangt. Hier ist es, Tartarien. Mehr kommt nicht. Von himmelweit unter der Erde, wo sie die Alten dachten, ist unsere Unterwelt emporgetaucht bis ans Tageslicht, für jedermann begehbare Hölle... Bleib bei mir. Rede mit mir. Den Betrunkenen tragen die Strahlen heim frühmorgens... Nein, dies ist kein Wegweiser. Mehr kommt nicht. Wir sind angekommen. Sehen wir uns um. Warten wir nicht länger. Sehen wir uns um in dieser dreckigen kleinen, biestigen, engen, zerzausten Verdammnis... Hier, in diesem zugepflockten Haus findest du ein ganz gewöhnliches KZ, eines unter Millionen. Ein Mann mißhandelt seine Frau. Du hörst, die nackten Glieder mit ihren Mulden klatschen gegen eine Wand von Kacheln im Baderaum. Er schüttelt sie an beiden Schultern, so wie man aus einem uralten Kofferradio noch Töne herauszuwackeln sucht. Er wirft sie im Zimmer umher, die Knochen, von Haut und Fleisch gedämpft, poltern gegen die Kacheln. Siehst du: er schlägt sie, doch sie fällt nicht um. Sie fällt nicht und schweigt. Sie hält sich aufrecht an der Wand, den Rücken ihm zugekehrt. Langsam zieht sie, an den Kacheln entlang, von ihm weg, um ans Waschbecken zu kommen. Er reißt sie an der Schulter herum und stößt ihr die Faust ins Gesicht. Sie schwankt, aber sie fällt nicht. Sie sieht ihn an und steht, ihm zugewandt, wieder gerade. Ein brauner Prellfleck geht auf, verdunkelt das Auge wie die Sepiawolke den bedrohten Kraken. Wäßriger Rotz läuft aus beiden Nasenlöchern. Nun dreht sie sich wieder um, sie will ja zum Waschbecken. Ihren nackten Rücken vor sich, holt er mit beiden gefalteten Händen weit über den Kopf aus, als hielte er eine Axt, und schleudert die Hände abwärts, so daß sie gerade die zarten Buckel ihres Nackenwirbels treffen. Die Frau streckt, im Reflex, die Arme halbhoch ab, ähnlich wie einst der bleierne Tischfußballkicker, den man auf den Kopf tippte, das Bein vorstieß, und spreizt alle Finger so starr auseinander, daß ihr vom Ringfinger der Ring zu Boden springt. Dann fällt sie, schlägt mit Stirn und Unterarm am Wannenrand auf, bevor der magere Leib mit allen Ecken auf die Bodenkacheln prasselt. Im Sturz hat sie vom Wannenrand ein Stück Seife mitgerissen, es schliddert über die Steine. Die Frau, siehst du, richtet sich gleich wieder auf, läßt sich nicht gehen, und greift nach der Seife und legt sie benommen an Ort und Stelle zurück. Sie versucht aufzustehen, kippt jedoch wieder zu Boden. Da fällt auf einmal schnell eine kleine Menge heller, fast weißer Harn aus ihr heraus. Sie sieht sich das an und sieht, in ihrem eigentlichen Schicksal unterbrochen, trostlos verwundert zu ihrem Mann in die Höhe und in ihren Augen sammeln sich Tränen. Der Mann greift ihren Kopf und drückt ihn hinunter. Er wischt die Pfütze mit ihren Haaren vom Kachelboden auf. So geht es weiter, wird es niemals enden, der halbbekleidete Mann, die nackte Frau. Sich töten? Sich sprechen? Nicht nötig. Schon wenig später, schon bei der ersten wieder leisen Berührung ihrer Stirn, allein durch sein Handauflegen beginnt diese Frau, aus den Krümmungen der Folter heraus, mit der gleichmäßigen Wurmbewegung der Hingabe. Sie schlägt ihr Becken auf und nieder, röchelt, bäumt sich unter Handauflegen, ihre Augen gehen weit auf und ein Äderchen platzt, blutig wird der weiße Augapfel und sie reißt sich selbst an den Haaren, sabbelt aus dem Mund. Jetzt ist sie auf eine Höhe ihrer selbst gelangt, da sie alles fräße, was man ihr in den Mund steckte, da sie alles sein und zugleich verschlingen will, was das Menschenleben auf ein Mal hergibt: Mann und Frau, Kind und Greis, Macht und Strafe, Scheiße und Atem, erhöht und erniedrigt, gläubig und blasphemisch, Mörder und Opfer – alles gepaart, alles auf einmal, in einem einzigen, augenblicklichen, blutigen Reigen...

Es ist im übrigen dieselbe Frau, die am Morgen im Büro laut gelacht hat, als der Chef ihren Mann vor ihren Augen rüffelte, fertigmachte, ihn der Lächerlichkeit preisgab. Da lachte sie mit auf seiten des Chefs, der ihren Mann fortwährend mit Sportsfreund anredete und auch in ihren, dem

Chef gehörenden Augen stand ihr Beherrscher plötzlich als der Dumme da. Sie lachte und lächelte noch, als der Chef längst nicht mehr ulkte, sondern mit Blicken tötete.

Aber auch jener Tag wird kommen, da sie allein darniederhockt, alleingeblieben an diesem Totenort, in dieser Kachelwüste, und dann sehen wir sie wildgeworden mit den Fingernägeln an der verschlossenen Erde kratzen. Aber hier ist Tartarien. Hier kann man weder Grab noch Nahrung ausbuddeln. Tiefer geht es nicht runter als die zugekachelte Erde ist.

Stille Folter und Vernichtungszimmer. Eine Blutgrube das Bett. Das Lager in jedem. Arena ohne Schall. Unentwegt, kreuz und quer durch den Stadtteil der Aufständischen fährt eine Frau in einem Lautsprecherwagen, wie ihn Parteien zu Wahlkundgebungen gebrauchen, und ruft ihren Mann aus: Philipp!, und sein Paßbild, groß wie ein Politikerplakat, in der Vergrößerung sich beinahe auflösend, steht auf dem Dach des Wagens, an den Lautsprecher geschnürt. Sie ruft aus, daß sie ihm ohne jede Bedingung verzeihe und er wieder zu ihr zurückkehren möge. Sie bittet die Bevölkerung, nach ihm zu suchen und ihn zu ihr zu schicken.

Vorsicht aber, Philipp! Mißtrau diesem Vehikel, aus dem die Stimme deiner Geliebten dort unten in die Straßen tönt. Sie ist übergelaufen zu den Machthabern oder vielmehr von ihnen erpreßt und zur Geisel genommen, um dich in eine Falle zu locken. Geh nicht hinunter, widersteh diesen schmerzlichen Rufen zur Versöhnung, auch wenn dir scheinen mag, daß ihre Liebe niemals inniger klang als durch diesen armen, umherirrenden Lautsprecher. Sie wird dich verraten, muß es tun, und morgen schleppen sie dich ins Stadion, wo nun schon über zwanzigtausend Menschen zusammengepfercht sind, bewacht und geordnet durch Hunderte von Militärschergen. Alle Familien auseinandergerissen, die Greise müssen in glühender Hitze die Arena säubern, bis sie links und rechts der Aschenbahnen niederfallen. Die Männer werden zu Schaukämpfen abkommandiert, der östliche Block gegen den nördlichen, je nachdem. Die Frauen und Kinder müssen alle überflüssige Kleidung zu riesigen Sonnenschutzplanen zusammennähen, und in jedem Block ist einer von denen, die beim Fluchtversuch erschossen wurden, kopfunter an einem Mast aufgeknüpft, weithin für alle zur Abschreckung sichtbar. Sie haben dem Gehenkten die Zunge hervorgezogen und mit einer dicken Stecknadel durchstochen. Daran hängt, auf kleinem Zettel geschrieben, jeweils die Losung des Tages, und jeder Gefangenenobmann muß frühmorgens ganz nah an die Zunge herantreten, um die nichtssagenden Weisheiten zu lesen, welche die Diktatur in ihrer winzigen, zierlichen Handschrift abgefaßt hat: »Klein-allein-Gebein. Das ist des Menschen Bahn«, und ähnliche mürbe machende Sprüche werden dann einen ganzen Tag lang verkündet.

Gott weiß von alledem nichts. Er weiß ja nicht, was aus uns geworden ist. Von Ihm nurmehr ein Tischchen unterm nackten, ungezügelten Licht einer Glühbirne, die von einer unsichtbaren Decke herabhängt, sowie ein Stuhl, nach hinten übergekippt, den dieser Gefängniswärter aufstürzend verlassen hat, um die Große Dienstliche Mauer der Anstalt entlangzuschreiten; sah eben noch so viel von Ihm, als in der Eisesstille sein Füllfederhalter vom Tischchen rollte und auf den Kacheln zerbrach. Einen Klecks hat er gemacht, dieser Wärter, einen dunklen Klecks hat er uns hinterlassen. Hab schon einmal in gottverlassener Betrunkenheit über die Lager radebrechen müssen, im Ausland war's, wahrscheinlich Vierundvierzigste Straße in New York, die Bar für Asexuals, wo mich eine Zachlersche Sekretärin hingeschleppt hatte, weil das gerade brandneu war und man das gesehen haben mußte: Männer und Frauen, die es irgendwie hinter sich hatten und leicht und gesellig ausruhten voneinander. Das war bereits ein begehrter Treffpunkt und der Gastraum war brechend voll. Ich erinnere mich, daß ich dem Mädchen von einem Experiment der Biologen erzählte, die Feldmäuse in einen Pferchungsnotstand getrieben hatten und nach geraumer Zeit beobachteten, wie sich unter den Tierchen zunächst Haaresträuben und Buckelmachen verbreiteten, dann bei den Männchen die Lust und die Fähigkeit zu kopulieren aussetzte, und schließlich griff Kannibalismus um sich... Wir standen direkt hinter der Barhockerreihe, wurden immerzu hin und her geschubst und oft so weit auseinandergedrängt, daß ich beim Erzählen fast schreien mußte. Auf deutsch. Nach einer Weile rutscht jemand neben mir vom Hokker, ein Mann um die sechzig, beugt sich an mein Gesicht und erklärt, daß er das Deutsch in seinem Rücken, hier in der Bar, deutsch reden zu hören, überhaupt nicht vertragen könne heute abend. Er bietet mir ingrimmig höflich seinen Hocker an und wünscht uns einen frohen Abend. Ich halte ihn – auf englisch – an und bitte, daß er seinen Platz wieder einnehme. Wie ich englisch spreche, gibt er nach, sein Koller löst sich ein wenig. Er murmelt, daß er nun einmal nicht vergessen könne, nennt fast nebenbei, mit einem Achselzukken, während er den Hintern wieder auf den Hocker schiebt, den Grund, und der Grund sind natürlich die Lager, die deutschen. Ich weiß noch, wie ich in Scham und Trotz zugleich erschrak, daß jemand, nur weil ich in meiner Muttersprache redete, vom Sitz aufgesprungen war und mir um ein Haar in die Fresse geschlagen hätte. Ich glaube, ich saß dann bis in den frühen Morgen mit diesem einsamen, gepeinigten Trinker und wir bestellten einen kanadischen Whisky nach dem anderen. Er kam überhaupt nicht mehr los von den Lagern, schickte jedem Fakt des Grauens, den er vorlegte, den er mit dem flachen Handrücken auf die Theke schlug, als sollte ich sofort mit ihm darüber abrechnen, dieses sture anklagende ›Why?‹ hinterher; die vernichtete Familie, why? Ohne auch nur den Hauch einer Antwort, eines gründlicheren Fragens zuzulassen, war er einzig daran interessiert, eine immer höhere, fürchterlichere Aufzählung zustande zu bringen und ich, um überhaupt meine Anteilnahme zu beweisen, wußte nichts Besseres zu tun, als schließlich einfach mitzubieten und in einem wahren Totentanz-Poker Greuel um Greuel, von denen ich wußte, auszuspielen. Manchmal schien mir, er suche und koste an diesem Thema eine dumpfe, arge Erregung, die Größe eines rechtmäßigen Schauderns, zu dem das faule, sich selbst aushöhlende Leben dieser Jahre nichts Vergleichbares zu bieten hatte. Am Ende lallten wir jedenfalls und kreisten lallend um das unsägliche Lager, das, je betrunkener wir wurden, um so machtvoller sein Schlangenhaupt erhob und ich, radebrechend, immer mit der

Angst, nur ja kein deutsches Wörtchen versehentlich ausschlüpfen zu lassen, schämte mich
schon für meinen groben deutschen Akzent und
fürchtete stets, allein dies untergründige Deutsch
in allem, was ich aussprach, könnte ihn plötzlich
wieder in Rage versetzen...

Nein, und schämte mich wiederum auch nicht.
In Wahrheit empfand ich sogar etwas wie wider-
spenstigen Stolz, ein Deutscher zu sein, und
zwar, weil man hier etwas dafür tun mußte, weil
es eben eine gewisse Mühe verlangte und man sein
Willkommen nicht gratis kassierte. Ich empfand
auch, ich weiß nicht weshalb, plötzlich einen heftigen Stich Heimweh und Liebe zu meinem/zu
einem zweifellos imaginären Land.

Daß das Deutsch in diesem einzigartigen Vernichtungswerk nicht untergegangen war, daß es
einem Hitler nicht gelungen war, auch das
Deutsch noch mitzuverheizen (und nur die reel-
len Schweizer sich heute im Besitz der deutschen
Sprache befänden!), dies ganze Deutschsein trotz
Hitler erfreute mich im Innersten, während ich
oben auf englisch lallte und stotterte, und ich
schämte mich auch nicht, daß wir ausgerechnet
über das Lager lallten und stotterten, fand es am
Ende gar des Unaussprechlichen würdig, daß wir
in einem schweren, scherzlosen Rausch immer
dasselbe zum selben Thema sagten, why?

Diese Ruhesuchenden hier haben also vor dem ungewinnbaren Sexus die Waffen gestreckt. Da sitzen sie dichtgedrängt und wollen nicht mehr spielen. Der Sexus, der abenteuernde Geist der Enttäuschung, der bis zum Verbrechen, zum Mord, zur Selbstzerstörung führt, ist keinem den Einsatz mehr wert. Der Brennpunkt von all dem, was wir je als Sinn für Versprechung und als Kraft zu scheitern, ausgebildet haben, verglimmt tatsächlich. Das Begehren, das nie nackt war, das immer in vielen Schleiern vieler Zwecke ging und doch darauf zielte, diese Schleier zu zerfetzen, ein hermetisches Spiel zu spielen, hat sich nach und nach selbst entkleidet, des Lasters und der Sünde, der Liebe und des häuslichen Nutzens. Sie leben komfortabler allein, die Familie schützt keinen mehr und das Ende der Sehnsucht ist auch erreicht.

Damals in der Vierundvierzigsten Straße – ich hatte ja keine Ahnung!, ich hatte ja keine Ahnung von dem, der sich da heute erinnert. Und dies unwissende Gestern, eine nie erlebte, animalische Unschuld, dies Tier jagt dich jetzt durch die Straßen. Du gleichst dem memorierenden Schauspieler, der schreiend über die Felder rennt, verfolgt von unzähligen Gespenstern, Wüstenschlangen, Gläubigern, lauter Rachegeistern des Geistes; der Schauspieler, der durch die Flure des Theaters hetzt, seinen Mantel dem Inspizienten zuwirft und sich auf die Bühne stürzt, in den hellen bergenden Scheinwerferkegel, hinter sich das schwere Kulissenportal schließt, verriegelt, sich dagegenstemmt, einen Schrank, einen Stuhl, eine Siegessäule und was dem Bühnenbild sonst noch zu entreißen ist, vor die Tür schiebt, gegen die von außen die Geister poltern und drücken, der sich niedersinken läßt auf der Bühne, tief ausatmet, vor ihm die Zuschauer: gerettet. Eben noch ein Ort der Zuflucht, wendet sich da die Bühne in einen Ort des Grauens. An der hinteren Wand der geschlossenen, schweren Kulisse geht eine weit größere Tür auf, als sie der Schauspieler eben verbarrikadierte, ein hohes eichenhölzernes Tor, in dessen Täfelung die versperrte Tür nur ein unteres Pförtchen ist und als Durchgang für Kleine und Schwache dient, und die Hand eines Kolosses, eine riesige, eine mit dunklem, nicht zugeknöpftem Lederhandschuh überzogene Hand reicht durch den Torspalt und in der Kuhle dieser Hand krabbelt ein Häufchen Menschen, ein furchtbarer Wind strömt dazu aus der Öffnung, die Hand schüttelt die Insassen ab und sie purzeln aus ziemlicher Höhe hinunter auf den Bühnenboden, das Tor geht knarrend zu bis auf einen ganz geringen Spalt, aus dem weiterhin Luft auf die Bühne faucht. Die Ausgeworfenen laufen kopflos durcheinander und schreien. Der aber, der eben noch auf der Bühne ausatmete, wird vom Wind ergriffen und in die Herumirrenden hineingeschleudert, die alle nichts als Namen schreien wie Schiffbrüchige nach ihren Angehörigen, und wirklich findet er unter ihnen eine, die sich an ihn und nur an ihn klammert; sie umarmen sich im gewaltigen Sturm gerade neben dem Torspalt und geben sich einige Versprechen... Dann wird es, wie immer auf dem Theater, plötzlich dunkel und still. Es ist nichts gewesen. Die Leute können nach Hause gehen. Zwei, die sich umhalsten und gegen den Wind sträubten, sahen sie. Die Frau schrie gegen den Wind. Der Mann, mit dem Wind, durfte flüstern. Dann trennte ein jäher Wirbel die beiden, fegte sie in die Höhe wie Laub und riß sie auseinander, zuletzt die Hände. Nicht zu vergessen: ihre Hand und seine ausgestreckt, und nur dies Bild des Risses bleibt zu betrachten, auf dem man später nicht mehr erkennen wird, auf welchem Weg die Hände sind: nähern sie oder trennen sie sich? Ist es Langen oder Lassen? Abschied oder Beginn? Ununterscheidbar, nicht zu vergessen.

Gehen wir die Stadt hinunter, noch ein wenig weiter in den steinernen Wald voll erstarrter Verwandlung, fortzeugender Entzweiung. Klein wenig Auslauf noch, Katabasis, nicht zu zügig... Den Kopf nur noch gehoben nach Gehör und Schatten. (Faschisten-Melodie, was du auch pfeifst heute morgen, Henker-Tremolo und faschistisch noch das Hinsehen auf die Uhr am Handgelenk – ja das Handgelenk selbst *ist* brutal, ist faschistisch... alles was dir heut morgen in den Sinn kommt, ist vom Bösen und Mitleidlosen ausgeheckt. Arschlose sind minderwertig.) Wie kommt es aber bloß zu diesen sonderlichen Paarbildungen überall in Ecken und Sonnenscheinen? Sich lieben und stillen, der Kuß als Atzung oder als... Dings, oh guter Vorsatz, alte Weise. Aber denen? Denen hat Mißtrauen und Grinsen die Visagen versiegelt für immer. Keiner kann lächeln. Wozu dann in den Mündern wühlen von fremden Leuten?

In einem Lichtschacht ohne Licht ist jemand.

Der Offizier, der sich ankleidet, vermutlich die Hosenträger überschnallt, sich etwas umständlich und zu guter Letzt, infolge des Lichtmangels, ganz und gar unordentlich ankleidet. Ebenso dort im langen Eck seine Frau vor einem Spiegel ohne Licht. Da nun aber das Licht herbeischweift, fährt sie erschrocken und bösartig gegen das Licht herum und wehrt und wimmelt es ab, zeigt ihm den Hintern, macht obszöne Geräusche im Mund und hält dem Licht den Spiegel vor.

Sie läuft bis ans Ende des Ecks. Dort wird sie gefunden.

Eine Angst geht übers Land, als würde der

Herzog von Württemberg wieder junge Männer ausheben und für Soldaten nach England vergeben... Die ganze Richtung sprengen. Schatten schaffen und. Das ist des Gekröses Jeden Tag. Von vielen nach Oldenburg. Warum schießen die?...

Herrgott, man mußte ihn schließlich hinführen ans Telefon, mit Gewalt. Er dachte wahrhaftig, das sei ein Tier! Man mußte ihm die Angst nehmen, man mußte ihn hinführen und ihm zeigen, wie man das macht, Hörer in die Hand nehmen ... in die Hand! So, verdammt nochmal! Nicht runterschmeißen! Festhalten! ... Da sprechen, dort hören... So! Mach es! ... Na ja, er sprach dann auch mit ihr. Das war der Offizier. Völlig verworren, nach dem Tod von Hanni, seiner ersten Frau, aus dem Lichtschacht gehoben, der alte Mann, und nun will er sich auf all seinen Wegen durch die Stadt immer und partout mit dem ›Geschichtssinn‹ orientieren. »Wir waren so abseits dort, wir konnten in unserem Winkel endlos das Große wiederholen und wiederholen, alle bedeutenden Parteiungen der Weltgeschichte in unserem Winkel nachäffen zu zweit und im Abseits großtun...« Kannst du mir vielleicht einmal verraten, wie du dich bei diesen orkanartigen Lautstärken, bei diesem Punk noch mit dem Ohr und dem Geschichtssinn orientieren willst? Die Jüngsten hören sich gerade Nazischocker auf Platten an. Den

Kindern geht man sowieso ans Gedächtnis. Zerfetzt das Gewebe. Die Schule zuerst. Statt Geschichte und Entziffern der Kulturen lernen sie vernünftig fernzusehen. Die Schule! Hand in Hand mit den täglichen Löscharbeiten des Fernsehens, dieser dicke weiße Löschschaum, der in den Kindern jeden Brand von Gier und Ach erstickt. Ich sage dir: ein, zwei Generationen noch, und es werden vollkommen erinnerungsfreie Menschen durch ihr Schicksal schweben. Die werden einfach alles vergessen haben. Nach uns werden sie alles vergessen. Nach uns werden sie alles vergessen, was einmal war . . . Dummer Zauber Geschichte. War da was? . . . Die Leute im Institut sagen, man muß sich die Sache schon jetzt mehr als eine Art weitflächiges Relais denken. Nicht mehr die Wurzel, die Tiefe, die Herkunft, sondern das Relais, unzählige Schaltungen auf einer Ebene gleichzeitig, brummedibrumm, Verknüpfungen und enorme Speicherbestände, ein Chip, winziges Steuerteilchen, elektronische Riesenhirne, kann man gut und gern auf fünftausend Handarbeiter verzichten, daumenkuppengroß, ein Chip; nicht die Wurzeler, nicht die Tiefe, aber die kleinen flachen wüsten Relais... (»Wissen Sie hierüber?« fragt am anderen Ende der Leitung der Chef, so daß dir der Hörer im Handschweiß schwimmt...) Freiheit vom 19. Jahrhundert! ... fordern wir ... jetzt, am Ende des zwanzigsten,

endlich … mit einer großen, einzigartigen, aller-
letzten Aufbäumung (des Kadavers unterm bie-
genden Fraß von Milliarden Termiten) ins nächste Zeitalter hinüber, auf frische Erkenntniswie-
sen getragen, wo es nun endlich heißt: die Ganze
Sammlung denken, sich auf dem Flecke strecken
und um und um verteilen, was wir an Gütern,
Geist, Geschichte schon gesammelt haben.
Wahrscheinlich ist es längst genug. Wahrscheinlich haben wir jetzt so ziemlich alles an der Hand
und mehr kommt nicht hinzu.

Der Clou aber ist: mit solch ungesonderten Gedanken am Globus hängend, sitz ich frühmorgens im Omnibus und ein Unbekannter hinter
mir, der seine Freude über eine bevorstehende
Beförderung oder seine Freude am Dasein an sich
nicht beherrschen kann, schlägt mir (mir!) die zu-
sammengerollte Morgenzeitung auf den Schädel.
Nur so – aus guter, zu guter Laune! Ich weiß
mich nicht zu halten vor Demütigung. Ich sehe
nicht einmal auf und fixiere ihn – ich könnte es
nicht, mit Tränen in den Augen. Er pfeift jetzt
noch. Er flötet! Ich wage mich nicht zu bewegen
und presse meine Hände zwischen die Kniescheiben-
ben. Das macht man doch höchstens unter
Freunden, denke ich, und da ist es schon ein ver-
nichtender Klaps! So weit ist es also schon gekommen, daß mir ein Fremder die zusammenge-

rollte Zeitung auf den Kopf trommeln darf. Ja, so weit ist es schon gekommen, und noch sehr viel weiter, wenn mich später im würgenden Mittagstraum meine Mutter anblickt, über die Fruchtpresse hinweg in der Küche, wo ich früher oft bei ihr gesessen bin und schon so manche Kränkung von Vormittagen in mich hineinfraß – selbst die eigene Mutter empfiehlt mir heute... nachdem ich lange genug jede ihrer aufrichtigen Tröstungen mißlaunig, ja kaltschnäuzig verworfen habe, in der Absicht, ihr eine jeweils noch tiefere, noch überlegtere Tröstung abzuverlangen, sie zwingend, die Fantasie ihres Herzens einmal aufs höchste anzustrengen, bis ich sie schließlich hinauf in ein fast sprachloses, erbarmendes Stöhnen gejagt habe, aus dem dann, da ich immer rücksichtsloser und erschreckender elend bin und mich ihr vorwerfe, endlich ihrer Güte letzter Ratschluß hervorbricht... »Wie willst du bloß das lange, lange Leben rumbekommen, wenn du dich so sehr quälst?!«... Ah, jawohl, Suizid! Das ist ihre ganze Apotheke, den Freitod doch zumindest einmal in Erwägung ziehen, wie? »Aber«, ruft sie flehentlich, als ich nun aufs bitterste zufrieden lache, »aber wie denn, wie denn?«... Im Mutterleib ist es ebenso naßkalt wie überall sonst in der Unterwelt. Wen wundert's? Der Engel Zucht ist unterm Giftstaub mächtig aufgeschossen, ins Kolossale vergröbert. Möcht dich jetzt

Eine Nacht lang steht sie, die er nicht mehr sehen will, unten auf der Straße und ruft seinen Namen zum Fenster hinauf. Er rührt sich nicht oben in seinem Atelier – nur keine Schatten werfen. Die Haustür bleibt zugesperrt. Sie legt sich über den Kühler seines weißen Citroën. Weint und schlummert. Manchmal wacht sie auf und schlägt mit der Hand donnernd auf das Kühlerblech. Nein! Nein! Nein!, brüllt sie. Dann sinkt sie wieder vornüber, weint und schlummert.

Wie komm ich bloß zu solch verdammter Macht, fragt sich der Maler oben, daß sich ein anderer Mensch vor mir so unterwerfen kann? Er sitzt betrübt in seiner großen, kahlen Fabriketage, seinem Atelier. Die Fenster stehen noch halb offen, so daß ihrem Lärm und ihren Rufen Einlaß bleibt. Ein leichter Wind weht den Morgen herüber. Im Radio, bei der ›Musik bis in die Früh‹, ist der Unterhalter längst nach Hause gegangen und sein Kollege, der stündlich die Nachrichten verliest, verbindet nun die Melodien mit selbstgemachten Versen. ›Musik in dieser langen Nacht/In vielen Rhythmen ihren Weg sich bahnt/An jeden haben wir gedacht/Für jeden etwas eingeplant.‹ Doch nur nicht Macht haben! Über niemanden. Macht in jeder Form ist lächerlich und abscheulich, auch im allerengsten Eck, auch und erst recht in der Liebe, wo so schnell einer zum Absteiger wird in des anderen Auge.

»Ruf mich an!« schreit sie plötzlich dort unten, »laß mich wissen, was du machst! Wie es dir geht. Schließ mich nicht aus!«

Der Betrübte schaut zum Fenster hinaus auf das Golgatha der Fernsehantennen drüben auf dem Dach der Landesbank. Ihr dunkler Skobalit beginnt zu spiegeln. In der Höhe fließen staubige gelbe Wolken mit winkenden Fransen. Ein Mann braucht keine Frau. Ein Mann braucht niemanden. So abhängig wurde sie von ihm und allem, was er von sich gab, daß sie gar noch seine frauenverächtlichen Ansichten übernahm und nachplapperte zur Herabsetzung anderer Frauen, enteignet bis dorthinaus. Mehr Tiefe als zu zweit haben diese Frauen nie erlebt.

Da ruft es wieder von unten herauf. »Ich will mich mit dir aussöhnen, nur noch aussöhnen will ich mich mit dir. So kann ich nicht gehen.«

Er schämt sich vor den Nachbarn, es ist fünf Uhr in der Frühe. Man müßte die Polizei rufen... Oh Gott, wie erbärmlich! Verfluchte Lügenwelt der *Beziehungen*! Knickt die gesündeste Seele, knickt den gesündesten Trieb.

Vor den Augen des Malers steigen Szenen und wechselnde Bilder herauf. Am Rande eines Reitturniers am Sonntagnachmittag. Seine Freundin im Kreise neuer Gefährtinnen, die er nicht kennt. In einer anderen Gruppe, nicht weit davon entfernt, ihr Liebster (er selbst), zu dem sie, die

Arme unter der Brust verschränkt, hinübersieht wie quer über den Boxring, inmitten ihrer Betreuer, zum Gegner in der schwersten aller Gewichtsklassen. Sie mißt ihn kalt, klar, antik. Ihr Liebster, in seinem Kreis, macht einen Scherz. Doch sieht er dabei zu ihr hinüber und erforscht ihr starres Gesicht. Dies brave, vertraute Gesicht seiner Freundin steht plötzlich etwas vor, wie eine Helmmaske, hinter der jemand Unbekanntes lebt und hervorspäht. Eine ältere Frau aus ihrem Stab gibt noch einen letzten Ratschlag: blokkieren, klammern, Kräfte sparen. Die Kämpferin nickt mit dem Kopf. Unbeirrbar der Haß, der fremde Blick, der Angriffswille. Dennoch, auch diese Runde geht an ihn nach Trefferpunkten. Die Frau stolpert zurück in ihre Ecke zur Betreuung. Die Freundinnen beugen sich über sie, sprechen ihr Mut zu, verändern die Taktik. Sie fragen jetzt, ob sie sich stark genug fühle, in dieser nächsten, späten Runde noch auf Entscheidung durchzukämpfen. Die Frau nickt in ihrer Ecke den hängenden Kopf und sagt heulend: »Ja, ja.« Ob sie sich zumuten wolle, nun auf einmal mit einem Angriff zu eröffnen, seine Deckung aus halber Distanz zu durchbrechen. Ja, ja, nickt die Angeschlagene und weint erbärmlich, versunken in die Leere einer Kampfespause. Die Kampfespause, in der ihr Leben in einem Fall an ihr herunterrauscht...

Nun liegt sie über dem Kühler des weißen Citroën, den Kopf in den Ellenbogen vergraben, und ist wohl endlich eingeschlafen. Schlaf, schlaf!... Bald teilst du Freud und Leid mit einem anderen. Glaub mir, von einem Tag zum nächsten wechselst du über in irgendeines anderen Biografie und wirst dich wieder freudig dort einrichten wie in einem neuen Haus und am Morgen nach der ersten Nacht bereits das Geschirr so ohne weiteres aus seinem Küchenschrank nehmen, als sei es immer deins gewesen.

Nun hast du kleine Augen bekommen, Grit. Dein Zuhören hat mich bis hierher geführt und besänftigt mich jetzt. Zuhören ist eine schöne Unterwerfung und die einzig würdige. Doch die wenigsten wissen das. Man kann ja heute erzählen was man will, man kann sein Innerstes preisgeben, es wird nur dazu führen, daß neben dir ein anderer beständig mit dem Kopf nickt, immer unruhiger dich und vor allem sich selbst bestätigt, kaum mehr deiner Worte achtet und nur darauf brennt, dir einzuwenden, daß er dasselbe, aber haargenau dasselbe auch schon erlebt habe... Schweigen wir also. Doch erst laß uns hinunter an den Kanal gehen, bevor dir der müde Kopf zu schwer wird, und uns ans Wasser setzen. Noch nicht nach Hause...

Dort wo der Hubschrauber seinen Rotpunkt in

den Dämmer blinkt, mündet die Stadtautobahn ins Westend und beginnt der lange Stau am Sonntagabend. (Die Verkehrswacht sieht euch alle!). Im Kanal wackeln die Widerlichter der Uferlaternen. ›Aglaia‹, der alte Vergnügungskahn, kehrt leer und leuchtend nach der letzten Kaffeefahrt heim an seinen Anlegeplatz. Auf Deck tanzen unter bunten Glühbirnen noch zwei Paare. Vater und Mutter, müde zueinander gekommen, das eine; das andere die langmütigen Kleinen, zwei Mädchen, die torkeln in nachahmenden Schritten neben den Eltern, die ihrer jetzt nicht achten, und halten ihrerseits, so zum Spaß, ein bißchen zärtlichen Frieden. Unten im Barraum sind alle Tische schon abgeräumt, und zwei magere alte Kellner sitzen über ihren Abrechnungen und rauchen Zigarren.

Seitdem Joseph ausgezogen ist, fühlt sich Grit in ihrer Wohnung nicht mehr recht zuhaus. Sie wird ihr nun zu groß. Dreieinhalb Zimmer Altbau, davon zwei sehr weit, mit hohen Decken, verschlucken eine einzelne Person. Zuviel unbewohnten Raum um sich zu haben, macht einsam und ungeborgen, genauso wie zuviel Enge rasend macht.

Daher kommt es ihr nur gelegen, daß der Vater in der Stadt bleiben will und sie ihn vorübergehend bei sich aufnehmen kann. Es wird bestimmt guttun, denkt sie, wenn die Räume mehr Leben haben. Und wenn vor allem am Abend jemand da ist, der auf sie wartet. Der Vater soll sich ruhig einquartieren. Allerdings, bescheiden muß er sich, aushelfen hie und da im Reiseladen könnte er.

Joseph, an der Landesbildstelle Archivar, ein ewig dämmernder, unersättlicher Plattenhörer, hatte sie ermüdet binnen eines Jahres, einfach durch zuviel Frieden. Er war in allem gelind und weich, gab nie Widerstand, höchstens mal ein Achselzucken, wenn ihm was nicht paßte. Obschon älter als Grit, wirkte er doch auf eigentümliche Weise zurückgeblieben. Er hatte sich fest eingemummelt in seine weinrote Samthose, seine mit bunten Seidenblumen und allerlei Flicken bestickte Jacke, in die schulterlangen, aufgelockten Haare, in die ganze selige Gutmütigkeit der frühen Jahre. Ein stiller, aber eben doch ein wenig unheimlicher Wiedergänger einer verflossenen Jugendbewegung, der sich unberührbar eingenistet hat in sein zwanzigstes Jahr und bis heute lieber einmal mehr Vanilla Fudge auflegt, als sich an die neueren LPs eines Ted Nugent oder der Rainbows zu gewöhnen.

Risse, Rumor, Gewalt und Unrast, plötzliche Stöße von ungebändigtem Leben unter deinen Sohlen, das alte Wohlsein bei langer stiller Musik erschüttert, das Ziel der Wünsche wieder offen... Du stellst die Platte ab: diese Musik geht nicht mehr, nie wieder! Du springst vom Kinosessel auf, verläßt den müßiggängerischen Film. Nicht kampferprobt dies Werk, für dich kein Ansporn und kein Gegner. In Gesprächen fallen dir jetzt häufig geisterhafte Gescheitheiten auf, die einer längst verblichenen Denkungsart angehören und zur veränderten Lage der Geheimnisse nichts beizutragen haben. Du reist an einen früher oft besuchten Ort und möchtest ihn mit Füßen treten: Wach auf, du fauler Fleck! An deinen Wangen, deinen Hügeln gehen Schründe auf, dein Abendlüftchen kohlt und stinkt. Vielleicht daß du schon morgen das Tor zu einem tiefen Abgang bist!... Ein unbewußtes Stutzen vor dem, was war und was sich anbahnt, erlebt auch Grit und kann mit Joseph und seinem schlaffen Entzücken nichts mehr anfangen. Es hat sich etwas in ihr abgespalten und sie sagt mit einem Mal, arglos und fest entschlossen: »Ich suche jemanden mit Kräften, die ich noch gar nicht kenne. Jemanden, der mal eine ganz andere Sprache spricht.«

Nun sitzen sie im Großen Zimmer, das vorn zur ruhigen Straße hin liegt, der Vater im Sessel vor dem zierlichen Sekretär, Grit auf dem Fußboden, wo an die hundert Prospekte und Kataloge der Reiseindustrie ausgestreut sind. Der Vater soll sich eine Reise aussuchen, zur Erholung und zum letzten Verschnaufen vor der endgültigen Rückkehr ins Institut. Grit erteilt eine Fülle guter Tips, berät ihn geduldig am Sonntagnachmittag und greift dabei ohne Scheu zu denselben gefälligen Floskeln, mit denen sie in ihrem Laden fremden Leuten Algarve oder Bangkok schmackhaft macht. Doch dem Vater sagt nichts so richtig zu. Er wendet sich von den Prospekten ab und sieht hinaus zum Fenster. Sie schweigen lange über dem in keine Richtung zu fällenden Entschluß. Ein Ahornflügel mit baumelndem Fruchtkorn fliegt vor dem Fenster wie lebendig, wie ein lastenschleppendes Insekt von einem Baum zum nächsten, wird dort empfangen und torkelt nicht zu Boden.

»Was soll ich nur tun? Was soll ich nur tun?« fragt der Vater mit dem Blick nach draußen und schlürft einen hohen Seufzer über die Lippen.

»Du weißt aber auch gar nichts mit dir anzufangen.« Grit blättert ein wenig gekränkt durch das Reisesonderheft einer Illustrierten und läßt es träge wieder fallen, da sich ihre Mühe gegen so viel Unlust doch nicht lohnt.

Langsam und zögernd beginnt der Vater davon zu sprechen, wie sehr er Zachler vermisse; wie unverzichtbar ihm seine Feindesstellung gegen diesen Mann sei. Diesen ewig Besseren, gegen den er immer aufbegehrt, der ihn aber auch immer zur höchsten Anspannung seiner Kräfte herausgefordert habe. Nun finde er sich gänzlich isoliert und abgesperrt von diesem Menschen, den er fast seinen Todfeind nennen möchte, und einen solchen gebe man niemals auf, bevor nicht der Kampf wirklich bis zum Ende ausgetragen worden sei. Doch fürchte er, daß seine Kräfte nachlassen, sein Kampfgeist erlahmen werde, da er ja nicht an ihn herankäme. »Er hat mich vollkommen von seiner Sphäre abgeschnitten«, sagt der Vater. »Selbst wenn ich heute oder morgen ins Institut zurückkehrte, müßte ich dort einen so geringen Platz einnehmen, von dem aus gegen Zachler überhaupt nicht anzutreten ist oder nur in lächerlichen Scharmützeln aus grausamer Unterlegenheit heraus. Man findet im Leben nur einmal einen solchen Gegner, um den es sich lohnt, auf der Höhe seiner Kräfte – und seines

Ansehens! – zu bleiben, und wahrscheinlich ist das eine noch seltenere Kostbarkeit als die sogenannte große Liebe.«

In wie vielen Vorgesetzten habe er nicht schon nach dem Gegner von Gewicht gesucht, durch den ein Zachler zu ersetzen gewesen wäre. Aber entweder hätten sich diese zum Kampf nicht bereit gefunden oder die, die sich anboten, seien samt und sonders Popanze oder lediglich gutfunktionierende Köpfe ohne Ströme, ohne Strahlen gewesen.

Zuletzt erst wieder in Oldenburg. Im Auftrag der Landesregierung war eine Studie über Stadtkernflucht zu erstellen. In die Projektgruppe wurde er berufen, da er schon unter Zachler zu diesem Thema gearbeitet hatte und mit ein paar zwingenden und einfallsreichen Thesen zur Wiederbelebung der Innenstädte aufgefallen war. Er ging hin, verließ das Institut, nicht zuletzt weil im Anschluß an das Stipendium Aussicht auf einen festen Lehrauftrag geboten wurde. Während der Arbeit wurde der Projektleiter von ihm auf seine Eignung zur Feindschaft ausgiebig geprüft. Es entstand aber nichts, der Mann ließ ihn immer freundlich gewähren, so intolerant und wirrköpfig sich der Vater auch aufführte. Stattdessen mußte er hinter seinem Rücken gegen ihn intrigiert haben, denn der Lehrauftrag wurde am Ende wider Erwarten nicht vergeben. Mit solchen Schleimbeuteln als Vorgesetzten hatte man es ja oft genug zu tun!

Grit beobachtet bereits in den wenigen Tagen, die der Vater bei ihr verbringt, wie in seinem Gesicht Veränderungen sich abzeichnen, wie die Haut fahler und faltiger geworden ist. Der Mund hängt oft etwas schlaff herab. Die Augen haben einen seidigen Glanz, scheinen offen für alles Ferne, müde fürs Greifbare, auch im übrigen für die nächstliegenden Pflichten in der gemeinsamen Wohnung und sogar bei der Körperpflege. Er läßt sich ziemlich gehen. Es scheint zuweilen, als sei ein Teil seines Wesens und auch seines Körpers in einem plötzlichen Vorsprung ins Alter vorausgestürzt. Manchmal redet er unklar und zusammenhanglos auch, wenn er gar nicht betrunken ist. Dann schleicht, was er sagt, dicht an der Grenze zu Dämmer und Idiotie. Das Seltsame ist nur: in solchen Augenblicken meint man einen Verfall seiner gewohnten ebenso wie zugleich einen Aufstieg bisher noch unbekannter Kräfte seines Geistes wahrzunehmen.

»Was soll ich tun? Was soll ich tun?« klagt er ein zweites Mal, und das soll heißen, wie komme ich bloß an Zachler wieder heran, heran an den Feind, wie nehm ich, dort entlassen und fortgeschickt, hier rückgestuft, ohne Stand und Front, wie nehm ich den Kampf wieder auf, so ernst und letztgültig, wie er nun zu sein hat?

Der Vater steht vom Sessel auf und stellt sich ans Fenster. Er sieht hinaus und verflicht die Hände fest über dem Steißbein. »Nur Haß verbindet. Haß, Haß, immer vornean, immer der erste sein.«

Grit schlägt wieder Tunesien in allen Prospekten auf. Sie sagt leise und im Lesen: »Das ist absolut böse.«

So nebenhin war das gesprochen und ihre Stimme so absichtslos, daß der Vater ihr lange nachhorcht. So geräumig der kleine einfache Satz, daß er sich lange darin verliert, wie man eben durch eine gewisse Hohlheit der Rede zuweilen weit in einen Menschen hineinhören kann. Er geht einmal rund um den Sessel und setzt sich wieder hinein. Grit hockt noch immer am Boden inmitten der vielen Kataloge und vergleicht die Preise und die Leistungen.

So bleibt es für Stunden. Manchmal sehen sie sich lange in die Augen, indem jeder in seinen Bahnen denkt.

Kraftvolle Naturen von großer Festigkeit, von großer Roheit sogar, scheinen, wenn sie erst einmal richtig erschüttert sind, mit mehr Gewicht und tiefer in den Trübsinn zu sinken als die nervösen Schwächlinge. Bekker spürt, da er andauernd willenlos im Sessel wartet und sich nichts vornehmen kann, wieder einmal die Last jenes großen Kadavers, der als ›der Offizier‹ in ihm namenlos wurde und zum Inbild der menschlichen Fähigkeit, männlich zu sein und unbeschreiblich unglücklich. Der Offizier, der dem Jungen gerne – und vor allem dann, wenn dieser sich unbesonnen gegen seine Melancholien verhielt – von jenen erstaunlichen Todesfällen erzählte, die durch nichts anderes als durch bloße Ehrverletzung und Kränkung verursacht worden waren. Reich ausgesponnene Darstellungen von seelischen Todesarten bezog er aus einem alten Reisebericht, der zu den kriegerischen Volksstämmen Ozeaniens führte und im besonderen den Maori auf Neuseeland Beachtung schenkte. Der Maori nämlich, ein fröhlicher und mutiger Krieger, ein Mensch mit höchst entwickelten Moralbegriffen, voll subtiler Bedenklichkeit und von außerordentlicher physischer Widerstandskraft – ihn konnte eine einzige Demütigung fällen und in ausweglose Apathie versenken. Die *reine* Apathie breitete sich vom Gemüt über alle Körperorgane aus, die Muskelbewegungen schliefen ein und er starb binnen weniger Tage den Vagustod… Bekker legt beide Hände vor sein Gesicht. War nicht der Alte selbst dann gleich einem Maori eingegangen an verletzter Ehre? Und sollte ihm etwa nichts anderes bestimmt sein? Was ist los, Alter? Siehst du mich noch und schweigst, weil ich danebenging und dich enttäuschte? – Ich sehe, daß du erbärmlich dran bist, mein Junge, ja. Ich sehe auch, daß du noch um vieles erbärmlicher sein wirst in den künftigen Jahren, die dir noch bleiben. Aber ich weiß dennoch nicht, ob ich dir raten soll, mir weiterhin nachzulaufen – bis hierher. Ich kann dir nicht helfen und ich kann dir nicht raten. Der Tod hat mich zu einem urteilslosen Beobachter gemacht. Als Toter weiß ich und sehe ich mehr vom Leben als die Lebenden, doch vom Tod weiß ich so wenig zu sagen wie damals als Lebender vom Leben...

»Nach Holland willst du nicht?« fragt Grit und hebt zwei Bildseiten in die Höhe. »Holland, Holland«, murmelt Bekker und weiß nicht, woran er dabei denken soll. Das Zimmer ist so leer. Nur der Sessel und der Sekretär und der Fußboden. Keine Bilder an den weißen Wänden. Kein Tisch, kein Tischdeckchen... Selbst die in die Wände eingelassenen Regale sind leer. Joseph hat das Seine ausgeräumt. Man kann lediglich seine Gedanken über das Parkett spazierenführen, die strenge Zier der Rhomben entlang. Stumpf und rissig ist das Holz.

Unten auf der Straße läuft ein kleiner Junge vorbei, grad aus dem Kino, auf dem Heimweg aus der 5. Galaxis. Er trägt einen gebrochenen Arm in Schiene und vergipst, der sperrig absteht von seiner Brust, durch Hemd und Pullover gezwängt. Derart in der Pose ängstlicher Abwehr erstarrt, kann er nichts richtig nachempfinden, nichts von den guten Gefühlen des Kinos in seinen kleinen Körper erheben. Nur vorne mit den Fingern, die aus dem Gipsrohr schauen, spielt er unablässig und nervös; ungeduldige Fingerübungen eines Klavierschülers, der zu viele Stunden schon versäumen mußte. Was für ein Aufschub, mit zehn Jahren, wochenlang Gips! Er kriegt es mit der Angst, daß alles übrige an ihm wächst und größer wird und bloß der Arm, in Gips gejocht und unterdrückt, kleiner zurückbleibt.

»Du willst ja nirgendwohin, Vater.«

Grit hockt auf den Knien und mischt die Prospekte durcheinander. Dann beugt sie sich vor und läßt den Kopf langsam aufs Papier sinken. Die linke Schläfe drückt in den Winterfahrplan der Bundesbahn. Die Hüfte steht in die Höhe. Das rechte Auge sieht unbewegt und mild den Vater an.

»Doch, schon. Aber wohin?«

Die Reise müßte Ein Fluß sein. Heim und Fremde, Vorwärts und Derselbe bleiben, Eine Strömung. Ohne Umsteigen, Aufenthalt und Zwischenstop. Das einzige, was man wirklich möchte, ist wie Moses in seinem Körbchen flußabwärts treiben und irgendwann von irgendwem herausgefischt werden, kurz bevor es zu spät ist. Aufwachen auf anderem Kontinent unter grinsenden Junkies, an eine kleine Insel gespült, mitten in der Kreuzung zweier Avenuen, wo Bänke unter drei verdreckten Palmen stehen und dicht wie Sperlinge die Süchtigen sitzen, die nach allen Flaschen, allen Spritzen sich jetzt vom Abgasschnüffeln betäuben lassen. Manchmal zuckt jemand wild und droht seinen Geistern. Die längste Zeit aber dämmern sie und scheinen sich vom Lärm liebkosen zu lassen wie andere von der Meeresbrandung am Strand. Einmal springt eine junge Frau auf und schreit ihrem Freund ins Gesicht, er soll sich endlich mal wieder rühren... Er sitzt auf der Insel den ganzen Tag, mit sturen offenen Augen, Stunden ohne jede Bewegung. Die Frau keift und stößt ihn an, er soll jetzt sofort mal eine kleine Bewegung machen. Sie schlägt ihn, kommt außer sich. Es ist, als spüre sie: dies ist unwiderruflich der letzte Augenblick, jetzt eben noch! kann sie ihren Freund zurückreißen vor dem endgültigen Taumel nach unten für immer. Täglich hält sie sorgsam Wache über seinem starren Rausch, ohne doch irgendetwas an seinen Entfernungen ändern zu können. Nun ist es ihr gelungen, mit Schlägen und Gebrüll ihn noch zu erwischen und ganz in der Ferne rührt sich was in ihm. Doch kaum ist er nur ein bißchen zu sich gekommen, da ist seine erste Regung die, daß er sich umsieht nach den Kameraden, weil es ihm peinlich ist vor ihnen, das laute Gezeter seiner Freundin, peinlich, weil die alle Ruhe suchen hier am Straßenmeer. Eben zurück von den Schatten, schielt sein erster nicht gleichgültiger Blick ängstlich nach den anderen, was die wohl von ihm denken mögen. Dann läßt er sich aber auf die Beine ziehen und tappt etwas wacklig am Arm seiner Freundin davon. Die Frau wird sofort ganz ruhig und zufrieden. Verschwunden in einem Husch sind die Brülladern und Keiffalten. Genugtuung, unbesonnene, bei gleichbleibendem Unglück im ganzen Gesicht, neben ihrem Mann, der sich wieder bewegt.

Es ist zermürbend, keinen Entschluß fassen zu können. Immer unwegsamer wird die Reisewelt. Die Fantasie strebt in eine von jedwedem Ziel abweichende Richtung. Wozu überhaupt wegfahren? Es ist schön hier bei Grit. Ein bißchen öde und unbehaglich, aber schön genug.

Man betrachtet doch, denkt Bekker, je älter man wird, die Orte unterwegs immer häufiger danach, ob man hier gern eingehen würde oder gerade hier nur höchst ungern. Man prüft sie, wie man Schuhe anpaßt; rückt den Kopf zurecht in einem interessanten Ausblick; spürt, ob bequem, ob nicht; fragt sich, ob lieblich besser wäre oder rauh, ob Weite eher oder Kuhle... ob Land, ob Stadt.

Im übrigen gibt es für Bekker nur ein wahres Reiseziel: die Chefetage in der Behrendstraße, Büro Numero Eins, wo sogar übers Wochenende, wenn niemand da ist, dezent das Deckenlicht brennt, wo ein gewisser Zachler eines Tages zu Tode erschrocken hinter seinem Schreibtisch aufspringen wird, nachdem Bekker die Tür aufgerissen hat und hereingestürzt ist und wie kein zweiter vor ihm steht...

Grit kauert immer noch in sonderbarer Verrenkung am Boden, wie eine Wildkatze im Käfig, der allmächtigen Faulheit sich unterwerfend mit ausgestrecktem Gesäß und verdrehtem Kopf. Der Mund steht ein wenig offen. Die feine Mulde über der Oberlippe, die früher einmal Schnuddelrinne hieß, jetzt natürlich immer sauber und mit einem leichten Flaum von hellen Härchen bedeckt – es müßte schwerfallen, heute einen geeigneten Namen für dies kleine, bedeutsame Mal ihrer Schönheit zu finden. Auch vermischen sich an Mund und Kinnpartie die Lebenszüge auffällig; ein Rest von unausgeprägter Form, etwas kindlich Verworfenes wird da mitgeführt in dem in der oberen Hälfte zur Klarheit und zum Durchschauen entwickelten Gesicht. Der Vater steht plötzlich auf den Beinen und geht, scheinbar sich die Füße vertretend, heftig an der Wand mit den beiden hohen Fenstern hin und her. Doch schiefe Blicke und ein enges Lächeln verraten, daß er beim Gehen nur berechnet, wie er aus seinen Bahnen wieder heraus – und federleicht, sozusagen gedankenlos und ganz von selbst zum Mund und dieser Gegend da hinunterkommt. Es bleibt ihm gar nichts anderes übrig, als sich etwas mühsam niederzubücken und auf Knien und Fäusten an Grit heranzurutschen. Ihr zusehendes Auge steigt, je näher er kommt, langsam empor in den obersten Winkel. Um sein Gesicht an ihres anzuschließen, muß er sich tief abwinkeln in den Armen, wobei ihm das Blut in den Kopf rollt, die Stirnader wurzeldick hervortritt und die Ellenbogen zu zittern beginnen. Die Einkehr in den offenen Mund unter dem offenen Auge – so hohl, so weich, so gastfrei und doch nichts weiter, als trete er in ein anderes leeres Zimmer. Er schleicht auf der Zungenspitze einmal vor und wieder zurück, es rührt sich nichts. Das war der Kuß. An der Lage des dösenden Gesichts hat er nichts verändert noch das zusehende Auge irgendwie beschäftigt oder gar sich bedecken lassen. Der Vater hüpft von den Knien auf die Füße und streckt sich hoch. Er schiebt beide Hände unter den Rocktaschen in die Hose und pustet ein paar nervöse Takte einer unbestimmten Melodie in die Luft. Nun kehrt er nicht zum Sessel zurück, sondern lehnt sich an die Fensterbank, von wo er Grit auf den Scheitel sehen kann, ohne daß ihn ihr Auge erreicht. Sie richtet sich unter Ächzen und Piepsen auf und löst, auf ihren Waden sitzend, zwei Nadeln aus ihrem Haar und steckt sie in den

Mund. (In diesen selben Mund! In diesen Mund, der so leicht über alles hinwegkommt...) Mit beiden Händen lockert sie das lange Haar und faßt es mit den Nadeln hinter den Ohren zusammen.

»Mir ist eingefallen«, sagt sie, »daß wir beide einmal am Mondsee Ferien machten, als ich in die fünfte Klasse ging.« Sie steht auf und setzt sich in den Sessel vor dem Sekretär. Sie schlägt die Beine übereinander und faltet die Hände über den Knien.

»Ja«, sagt der Vater, »ich kann mich gut erinnern. Damals am Mondsee.« Vor seine Augen aber steigen plötzlich Bilder von Verheerung und er entsinnt sich kaum. Aus ihrem runden Imbißwagen am nördlichsten Vorsprung der Stadt treten Vater und Tochter in silbergrauen Schutzanzügen heraus in den ewigen Sandsturm.

Aber sie torkeln und taumeln doch nur auf der Stelle, versuchen schwerfällig zu hüpfen, Hand in Hand. Unter ihren Füßen ein berstendes Scharren, als schöben ganze Erdschilde sich übereinander.

Als da sind: Rumor, Narr und Frau...

Grit, wie sie neben mir ging, ins Wasser tauchte, mich schmähte und reizte, bös und zart, mein Kind, das von damals, ich liebe es endlich jetzt. Rumor, dumpfes Geröll, wiederholtes Gerede, Gerücht. Es braut sich was zusammen. Die Ordnung der Dinge gleicht der Rede eines Kindes, das abends zu lange aufbleiben durfte: die Nonies kommen, die Nichtse und die Geneunten, die Geborenen überhaupt, die Nonies, die Neins. Die Imbezillen kommen, die Raubmenschen in Horden und Heerscharen, die sich gegenseitig vom Globus schubsen, und es wird grad so sein, wie wenn mit eins am Langen Samstag es Doomsday läutet und im Kaufhaus die Auferstandenen sich auch noch ins Gedränge drücken, zu kaufen in größter Gier, die Enthaltsamen!… Müde nach der langen Ballnacht, dem herrlichen Galaabend, der auf die Schöpfung folgte, ist Gott der Allmächtige eingeschlafen in Hausschuhen und Zylinder auf der Treppe seines Palastes. In seiner Handpalme aber kriechen und krabbeln die Menschengeschlechter, und als er aufwacht am nächsten Tag, schüttelt er sie voller Ekel von sich und trampelt mit seinen Pantinen auf ihnen herum…

Bekker sagt und deutet dabei nacheinander in die Ferne, auf sein Herz und auf Grit: »Als da sind Rumor, Narr und Frau…«

»Wie?« fragt Grit, »versteh nix.«

Der Vater wiederholt die drei Worte und die Handzeichen.

Sie lacht ein wenig verlegen: »Frau?… Ich?«

Der Vater sieht bedrückt zu Boden. »Ja«, sagt er leise.

Deutlich läßt Grit den rechten Fuß schneller kreisen bei übereinandergeschlagenen Beinen.

Pension ›Anschütz‹, östlich überm Mondsee, ja, gibt es noch. Auch die Wirtsleute sind, gesund und zufrieden gealtert, noch dieselben. Keine Österreicher, sondern Schwaben, sind fleißig mit der Zeit gegangen und haben unten im Keller Solarium, Sauna und Schwimmbad mit Getränkebar eingebaut, so daß man jetzt an die dreihundert Schillinge bezahlen muß fürs Einzelzimmer, außerhalb der Saison. Sie meinen sich wohl auch zu erinnern, Bekker, ja natürlich, ein so junger Mann und hatte schon so ein großes Töchterchen, zehn Jahre ist das jetzt her oder noch länger. Sie erinnern sich vermutlich vor allem an jenes unvergeßlich laute Wochenende, an dem Grits Mutter zu Besuch kam und Zank und Getöse das Haus aus leichtem Material Tag und Nacht durchschallten. Prügel und Geschrei gab es wegen ihres damals gerade neuen Freundes, einer aus ihrem evangelischen Arbeitskreis, ein Völkerkundler, ein Märchenforscher!, der sie dann auch abholte hier, kurz nachdem Bekker noch einige Male gut zugeschlagen hatte und Grits Mutter rotfleckig und verheult aus der Tür wankte, während er am Fenster stand und es ihn erregte, sich ganz in den fremden Mann zu versetzen, der jetzt diese geschmähte und erniedrigte Frau in Empfang nahm, diese große Frau mit so gar nichts Armseligem an sich, mit hohen Beinen und weiten Schultern, gezeichnet mit blutigen

Striemen und nassen Schürfwunden, die Haare verdrillt, doch welch berührende Kraft ging von diesem schönen, niedergerungenen Körper aus, wie er davonschritt... Oh verflucht, die Fußstapfen dieses längst verschollenen Kampfes sind hier überall noch am Boden, unsichtbare, hundertfach überlagerte Abdrücke auf der billigen Auslegmatte... Na, die beiden fuhren dann in seinem alten Volvo runter nach Jugoslawien, es war ja Sommer damals. Jetzt hingegen haben wir Mitte November. Schnee fällt schon bis auf achthundert Meter tief. Eine düstere Jahreszeit, unbekömmlich für jeden Ausgang, jede Wanderung. Man sieht ja kaum etwas. Nicht einmal der Mondsee, der nun wirklich unmittelbar vorm Haus liegt, ist richtig zu erkennen; seit Bekkers Ankunft ist er in dicken Nebel gepackt. Hier könnte man auch ganz woanders sein. Nachmittags um vier ist es bereits stockfinster, und Herr Anschütz schaltet unten im Frühstückszimmer den Fernseher ein. Bekker ist allein vorausgefahren, mit dem Flugzeug bis Salzburg, dann mit der Bahn. Grit hat zuhause noch Joseph einzuüben, der sie für die nächsten Wochen im Reiseladen vertreten will. Sie haben die Trennungssperre wohl wieder etwas gelockert... Bekker sitzt oft schon von Mittag an auf seinem Zimmer und trinkt große Mengen Cognac. Zu dieser Jahreszeit, die in der Reisebranche mit Recht als tote gilt, zieht es auch an den Mondsee kaum jemanden und in der Pension ist er der einzige Gast. Obwohl ihm also die neuen Einrichtungen im Keller allein zur Verfügung ständen, macht er keinen Gebrauch davon und hält sich auch so wenig wie möglich an die Familie im ersten Stock.

Hier ist es nun wahrhaftig unerträglich, sagt Bekker und knipst das Deckenlicht an, die spinnengliedrige, häßliche Leuchte über dem Bett, ein noch unerträglicherer, noch düsterer Winkel läßt sich kaum ausdenken. Warum hat mich das Kind hierher abgeschoben? Warum muß ich hier alleine hocken in diesem naßkalten Ferienverlies?... Ich bin es müde, Grit. Falsch der Ort, falsch die Unterkunft, falsch die ganze Reise, ganz und gar mißlungen selbst der Spaziergang heute morgen, der mich erfrischen sollte. In einer völlig unwegigen, mit Stümpfen und Ästen verbarrikadierten Holzfällerschneise bin ich gelandet und bis an die Knöchel im Schnee gestolpert! Es ging steil und immer steiler den Berg hinauf und über den Berg hinüber wollte ich. Doch jeder Weg verlor sich, ich tappte in leichten Halbschuhen durch den Unrat der Natur, fror und bekam sofort meine Stiche in der Prostata. Der Wald in der Höhe stand diesig und unheimlich. Feinfühlig für Gefahr wie nie in der Ebene unten und auf Straßen blieb ich mehr und mehr stehen, um auf das zu hören, was mir vielleicht das Knacken unter den Sohlen übertönte. Aber nichts, so gut wie nichts. Gähnend leer der ganze obere Forst. Nur gegen Ende, als ich kreuz und quer durchs Gestämme wieder nach unten kam und schon glaubte, ich hätte mich weit verlaufen, da hörte ich Häher schreien, richtete mich nach ihnen und sah, daß sie über eben jener Wegbiegung kreisten, von der aus ich meinen irrigen, vollkommen uninteressanten Aufstieg begonnen hatte. Gehen in freier Landschaft wirkt beschwerend auf meinen Kopf, abstumpfend. In Ruhe über etwas nachzudenken ist kaum möglich. Die Fülle der Arten und Gestalten der Natur, die mich vereinnahmenden Wegränder lassen es nicht zu. Unentwegt einem unumstößlichen Ratschluß oder Gesetz gegenüber, da bleibt für die eigenen Begriffe nicht genügend Spielraum. So gehe ich bald blindlings und pfeifend drauflos. Im Nachhinein aber befällt mich ein Schwindel und speiübel kann es mir werden, wenn ich mich an diese Blutleere im Kopf, diese Absence, dieses bloße und gehende Gehen erinnere... Anders jedoch tags zuvor, als ich nach Salzburg fuhr und dort, ebenfalls ohne jedes besondere Interesse, durch die Gassen lief. Aber wie entstieg diesem Gehen umgeben von Mauern, Geschichte und Gestank doch ein pochendes Bewußtsein und eine Willenskraft, welche sich schließlich in ein unbezwingbares Verlangen nach einer nie gekannten körperlichen

Ausschweifung steigerten, einem Kampfesorgasmus, aus dem es kein Erwachen mehr geben dürfte. Jeder Schritt wurde plötzlich ein bebender auf Zachler zu... Wohin mit soviel Energie? Nur noch Gesellschaftsumsturz als nächst Größeres vor Bergeversetzen... Und dann flattert mir dies Hühnchen von Nachtfunkredakteur an den Tisch, Ludwig heißt er und ich kenne ihn vom Sehen, aus den Kneipen daheim, setzt sich zu mir und schnuppert an meiner Gesinnung herum, macht ein paar verfängliche Bemerkungen zu jüngsten Gewalttaten, die wahrhaftig kein Tütenknallen waren. Bekommt ganz furchtsam unverständige Augen, wenn man irgend etwas einwendet, braune Augen und traurig beängstigt, daß er nicht kapieren oder falsch angesehen werden könnte. Verzieht plötzlich das Gesicht, ein Grinsen von geheimstem Eifer, und zeigt die rauchvermoosten Vorderzähne: »Und die Anarchisten? Wie finden Sie die? Das sind doch tolle Gesichter, wenn man die so sieht, tolle Gesichter.« Und die Schamröte einer verbotenen Leidenschaft, ein grimmes Glühen erscheint auf seiner fahlen Haut. Wie könnte ich diesem schwachen Schwärmer zustimmen? Ich muß ihm doch widersprechen, selbst wenn ich dabei gezwungen werde, das glatte Gegenteil meiner eigentlichen Meinung zu vertreten!... Brokdorf, sagt er später noch. Nur immer wieder Brokdorf, und ruft in

73

seinen erstarrten Blick Szenen einer großen Schlacht herauf. Im übrigen ist es jetzt mal wieder so weit, daß er ein echt solidarisches Erlebnis braucht und deshalb reist er dieser Tage über Salzburg und Wien zum Anarchistenkongreß nach Barcelona... Die Attentäter, die für wen? Verbrechen auf sich laden, fürs unwissende Volk? tun ihr unvermeidliches Handwerk ohne jemandes Auftrag, allein im Namen des Bruchs, des Neins, der Tat. Krieg gegen Jetzt, das kann nur heißen: So nicht und nicht anders. Kein Danach und keine Utopie. Schüsse überm Kuchen, Entführung, Schlag, Schreck und Schock. Es ist richtig, wenn manche es an der Zeit finden, das Böse und das unwiderruflich Böse zu tun. Wann, wenn nicht vorm Absoluten der Übeltat, würden wir fähig, unsere Gemeinschaft tiefer zu erkennen, zu bezweifeln? Es gibt Stunden des massiven Eisgeistes, in denen Haß die einzige Wärme ist und nur Sprengung Atem schafft. Daher die perverse Heiligkeit der Mörder, der unbedachten, der sich selbst nicht denkenden Täter, so stumm ihre Taten auch sein mögen, so wenig verkündend; wissen doch die Jüngsten kaum noch ein Wort vor das andere zu setzen, die schreiben recht und schlecht aus den Kassibern ihrer Ahnen ab. Die werden im Zirkeln und Rechnen, in der perfekten Verwaltung ihrer Taten bald schon zu heimlichen Geistesbrüdern eben jener Macht und

Staatsmaschine, die sie stören wollen. Und doch bewahren selbst ihre kältesten, perfektesten Handstreiche noch ein Letztes von jener Aufbäumung, jener Wildheit des Schreckens, die allein es heute noch versucht, den ehernen Reigen von Planern und Machern, von Ausbeutern und Ausgebeuteten, von Liebe und Lüge, von Fortschritt und Zerstörung einen Augenblick lang ins Stolpern, vielleicht ins Stutzen zu bringen. Dafür, für einen vagen, geringen Moment der Beirrung, müssen sie schon die ganze, weltschwere Moral, böse zu sein, sinnlos und grausam, in die Waagschale werfen. Diese Moral haben sie immerhin eine Zeitlang zu tragen vermocht…Der Staat, der mit allem und jedem, was sich ihm als die Kraft des Ganz Anderen in den Weg stellt, fertig und nichts als fertig werden will, es immer versteht, zu verteufeln, zu verdrängen, zu zerschlagen, er hat seinen unheimlichen Meister, seinen ersten nichtschluckbaren Widerstand gefunden in einer kleinen, stammelnden Elite von Hassern, die ihm ein paar blutige Gespenster in den Schlaf getrieben haben. Es ist vielleicht der letzte der alten Kämpfe. Oder vielleicht der erste der neuen: gegen die unabsehbare, frontlose Gleichförmigkeit und Ebene der Politik und des ziellos wimmelnden Lebens. Ist es ein Akt der Fäulnis oder ist es ein Akt der Geburt? Ununterscheidbar die Richtungen: vor/zurück, blind/se-

hend, links/rechts. Ein Kloß, wie die Seele selbst.
Ein Kotballen, wie die Erde selbst, die ein Heili-
ger Pillendreher durch den Äther rollt...Sicher
ist nur: die alten Entscheidungen gelten nicht
mehr. Daher wird jeder von uns Besserwissern
nun in alle Richtungen heisere Schreie ausstoßen,
wir sind wieder im Busch. Jeder auf seinem Feld
neu verwildert und verstruwwelt, jeder wird zuerst
einmal von seinen eigenen Harmlosigkeiten etwas drangeben müssen...Vielleicht bin ich aber
schon zu alt und gleiche dem stumpfen Holz-
klotz, der sich nicht mehr aufbäumen kann im
Feuer wie das leichte Scheit. Ja, das mag sein.
Doch die Rose der Sprengung, die Rose der Wurzel, wenn die erst aufgeht, dann werdet ihr noch
staunen, ihr Ludwigs allerorten... Ich muß noch
zu den untersten Blumen gelangen, tief unterm
Sand und den Höckern der Städte. Es ist aber
widerlich, das Zusammenzucken eines ganzen
Volks am eigenen Leib zu spüren, mit all denen
Ein Leib zu sein mit gesunden Reflexen, wenn einer dieser nationalen Schreckensakte krepiert, die
dem Prokopfmenschen durch sein faules Mark
und Gebein geht... Wieviel Genüsse noch, um
endlich durchzufaulen?... Kalt will ich bleiben
gegen derlei Schauer und Gezeter und im natio-
nalsten Augenblick eine leichte Berührung zwischen den Schulterblättern spüren, die Gegen-
schwinge: ein warmer Sonnenstrahl, der dich

streift, wenn du schwankend am Waschbecken stehst und das glitzernde Wasser über den Handrücken springt und tausend Kilometer südwärts, in der Lagune, zieht ein winziger Schlepper gütig hilfreich durch den Kanal einen Goliath von Tanker, der, außer Macht, still und gefügig dahingleitet, und die Häuser am jenseitigen Ufer so demütig klein hinter seinem Hohen Rücken... Politik ist Wettpissen in aller Öffentlichkeit. Kommt nur drauf an, wer den dicksten Strahl am weitesten auspißt. Die Attentäter haben alle einen Knick im Strahl. Machtstreber, Ehrgeizlinge, Herostrate, Brandstifter. Gelassen betrachtet der Triebforscher den aufbegehrenden Däumling: Tun Sie, was Sie für richtig halten. Sie werden niemals aufhören, das Objekt meines grenzenlosen Verstehens zu sein... Überall pfeift die Polizei und hetzen die Hunde, starren die Schnellfeuerwaffen. Starr und steif wie ein aufgespürtes Tier der ganze Staat. Die Fäuste an der Hosennaht geballt, voll ohnmächtiger Wut. Die immer unreifer werdende öffentliche Vernunft, sonderbare Verkindlichung. Öffentliche Sprache, deren Besonnenheit schutzgepanzert. Und wenn nur ein Öffentlicher wagte, ein klein wenig nachzudenken und seine Gedanken ein klein wenig frei schweifen ließe – es müßte ihm auf der Stelle schwindelig werden, so daß seine Rede durcheinanderpurzelte und er laut klagen und sich der Lüge bezich-

tigen müßte. Stattdessen spielt dies unreife Ge-
schöpf den Herrn der Lage und sieht zu, daß sein
Kriegsspielzeug einmal laut geklappert hat und
durchgeladen ist... Oh nein! Nur nichts mehr
hören und sehen. Es ekelt mich an. Wem noch
zuhören? Den Geschäftlern oder Beamten? Kindern oder Sportlern? Den Jägern oder den Gejag-
ten? Den Lehrern, Rechtssprechern oder Stadt-
streichern? Den Frauen unter sich oder den
Künstlern im TV? Wem noch zuhören? Die
Deutschs hier um mich herum sind alle nicht das
Gelbe vom Ei. Die Deutschs der Menschen sind
so... ich weiß nicht... so zu. Es rasselt, und ab-
gehackt. Sprachballungsräume. Bloß raus hier!
Raus aus der Sprache...! Ich will nichts mehr hören und sehen. Lieber sein als scharren. Lieber
sein wie ein leerer Fahnenmast an einer aufgegebenen Botschaftsvilla als ein Vogel oder anderes
Getue. Oder ein Gecko in der Wüste, der sich
seine Glupschaugen mit der eigenen Zunge aus-
wischen kann...Bin ein Patriot, weiß aber nicht,
an wen soll ich mich wenden. Aber wo ist zu meiner Treue der Herr?

Fünf Tage später kommt Grit. Bei Nebel und Regen ist sie länger als zehn Stunden in ihrem Peugeot gefahren und erreicht den Mondsee am späteren Abend. Die Pension am Berghang findet sie
ohne Mühe, nachdem sie die Ortschaft durch-

quert hat und in die Uferstraße eingebogen ist. Herzklopfen bereitet jede Wiederkehr, so auch diese zu einem kleinen, dunklen Ferienfleck, wo Häuser und Geschäfte stehenblieben in der Kinderzeit. Die Wirtsleute begrüßen sie freundlich, jedoch ohne den Überschwang, den sie auf der Fahrt, je müder sie wurde, um so anheimelnder vorausempfunden hatte. Aber für die Anschützens wird es, auf Anhieb, kein Wiedersehen, sie erkennen die kleine Grit von damals in der erwachsenen jungen Frau nicht, sie erinnern sich – trotz der vielen gemeinsamen Mikadospiele an verregneten Nachmittagen – im Grunde nur schwach. So steht sie im ersten Anblick seltsam ungelenk vor ihnen, bekommt einen schrägen Hals und faßt sich an die Ellenbogen, als Folge einer unterdrückten Umarmung. Vom Vater heißt es, daß er wie üblich um diese Zeit im Dorf zur Nacht esse. Frau Anschütz fügt dieser Auskunft einen kleinen und eigentlich frechen Seufzer bei, als habe sie mit so mancher Gewohnheit des Vaters ihre liebe Not. Grit entschließt sich, da sie hungrig ist und sehr ermüdet von der Reise, sogleich ins Dorf hinüber zu fahren, ohne zuvor auszupacken und sich auf dem Zimmer zu erfrischen. Sie erspart es sich auch, noch des längeren in den verschiedenen Gasthäusern nach dem Vater zu suchen, da sie sich ohnehin später in der Pension treffen würden. Im übrigen ist sie ein wenig enttäuscht, daß er so gar nichts zu ihrem Empfang getan hat, nicht einmal eine Nachricht hinterließ, wo er zu finden sei.

Sie kehrt im Schwarzen Bären ein, steigt hinunter in das lange Kellergewölbe des Speiseraums mit seinen vielen Nischen und Ecken, in denen sie damals bis tief in die Nacht hinein mit dem Vater sitzen durfte und mit ihm um Gummibärchen, Asterixfiguren und überzuckerte Mandelkerne würfelte. Und mit dem Duft von Holz, Bier und feuchter Mauer weiß sie plötzlich durch alle Sinne, wie es war, als sie vor zehn Jahren hier den Vater quälte, ihr endlich die ersten Jeans zu kaufen. Zeit und Raum und Wesen dieser kleinen, mächtigen Habsucht sind für den Bruchteil der Sekunde echt und rundum da und unterbrechen die Gegenwart vollkommen. Ein wenig später fällt ihr an der Kellnerin, bei der sie ein Rinderherz in saurer Rahmsoße bestellt, eine sonderliche Angewohnheit auf, die sie sehr gut von jemand anderem kennt, eine kleine, aber beirrende Marotte, die Stirn nämlich zu runzeln und die Braue hochzuziehen, ein Gesicht zu schneiden, um sich interessant zu machen. Es ist getreulich dieselbe Miene, die eine ältere Kundin von Grit immer aufsetzt, wenn sie zuhört. Ja, genau wie die alte Frau zur Leyen! Haargenau und von ihr abgeguckt, denn die verbringt seit vielen Jahren ihren Sommerurlaub hier am Mondsee. Eine solche Stirn sieht aus, als zweifle sie einen dauernd an, als zweifle sie an, was man eben bestellen will, was man überhaupt zu sagen hat. In Wahrheit verbirgt sich dahinter jedoch nichts als eine leichte Schwerhörigkeit, jedenfalls bei der alten zur Leyen, und hinter der vornehm und skeptisch tuenden Stirn spitzt sie peinlich genau die schwachen Ohren. Ein ansteckender Tic muß das sein, und zweifellos hat ihn sich die Kellnerin beim vielen Bedienen der alten Dame geholt und schafft damit nun ein wenig Eigensinn und Hintergrund auf ihr niedliches Gesicht. Grit stützt in beide Hände ihren klopfenden Kopf, in dem die Straßenbänder nachwehen und auf überforderten Sinnen die ersten Kreaturen des Schlafs hereinreiten. Nicht begrüßt und ziemlich erschöpft, fühlt sie sich auf einmal sehr alleingelassen und ausgesetzt in dieser lauten Höhle eines dörflichen Feierabends. Ihr schräg gegenüber sitzt eine Runde jüngerer Geschäftsleute um ihren Stammtisch. Vertreter oder Makler, Angestellte jedenfalls einer größeren Immobiliengesellschaft, die hier in der Nähe eine Zweigniederlassung unterhält, denn von der obersten Firmenleitung ist manchmal wie von etwas, auch örtlich, weit entfernt Liegendem die Rede. Sie sprechen zwar im oberösterreichischen Dialekt, doch klingt es ausgeputzt und wenig beheimatet noch, durch viel Wirtschaftsdeutsch geglättet und gestreckt. Gewisse Objekte hört man sie erörtern, gewisse Vorhaben, Darlehensbeschlüsse, und dies anhand von Leitzordnern, die jeder von ihnen mit sich führt und worin Fotos und Grundrißpapiere in Plastikhüllen stecken. Einer mit rundem kahlem Schädel und flachen Koteletten führt das Gespräch an und sammelt die Berichte. Dieser ist der Chef und sitzt auch am Stirnende des Tischs, zu dem alle anderen Köpfe sich wenden, sobald er den Mund aufmacht, und auch wenn er schweigt und in Papieren liest, sieht ihn so mancher in heimlicher Betrachtung der Führungskraft sich an. Einmal erwähnt er einen Doktor Spantel oder Prantel und fragt nach dessen Verbleiben. Unverzüglich geht eine beflissene Unruhe durch die ganze Runde und wie petzende kleine Mädchen überschlagen sich die Angestellten darin, über die unwahrscheinliche Unpünktlichkeit ihres Kollegen sich aufzuhalten. Einer nach dem anderen ziehen sie über ihn her und jeder weiß eine besonders unzulängliche Eigenheit des Doktors vorzubringen. Schließlich gibt der Chef mit einem Ausdruck von Betretenheit, ja von erkünstelter Trauer bekannt, daß der umstrittene Kollege von der obersten Firmenleitung inzwischen so gut wie aufgegeben worden sei. Aufgegeben! sagt er; nicht etwa, daß die Kündigung ihm ins Haus stünde, sondern ›aufgegeben‹, wie Ärzte einen Sterbenskranken. Daraufhin fallen erneut alle durcheinander sich ins Wort, heben ihr persönlich tiefes Bedauern hervor, nennen den Beschluß der Firmenleitung hart, aber unumgänglich, um dann noch einmal – und nun völlig ungezügelt – loszuwerden, was ihnen am Doktor seit jeher nicht gepaßt habe. In diesem Augenblick hetzt der Verspätete gerade heran, der Aufgegebene selbst steht vor ihnen – man weiß sogleich, das muß er sein, denn alle halten auf der Stelle den Mund und schlucken Reste ihrer üblen Nachrede hinunter. Der Doktor, ein schlanker, nervöser Mann, längst über die Lebensmitte hinaus, trägt nicht den für Besprechung und Kundendienst üblichen Anzug, wie jeder seiner jüngeren Kollegen, sondern Pullover und Bundhose. Nur der Leitzordner unter seinem Arm zeigt an, daß er auf ein dienstliches Geschehen vorbereitet ist. An der rechten Hand hält er seine kleine Tochter, ein Mädchen von acht oder neun Jahren. Alle in der Runde starren mit bleichem Entsetzen auf das Kind. Sie müssen es wohl an diesem Abend zum ersten Mal zu Gesicht bekommen haben. Es hat nur einen Arm. Der rechte halblange Ärmel des Dirndlkleids hängt platt und leer von der Schulter herab. Der Vater wendet sich als erstes dem Chef zu. Er entschuldigt sich. Er entschuldigt sich für seine Verspätung und dafür, daß er die Kleine habe mitbringen müssen. Die Mutter sei jedoch kurzentschlossen zur Schwester nach Salzburg, das Kind sollte nicht unruhig daheim bleiben...Ohne zu zögern, ohne daß der Vater es dazu hätte auffordern müssen, gleichsam mit einem Kopfsprung in die Wellen des falschen Mitleids oder des Schreckens sich stürzend, die ihm stets von fremden Leuten entgegenströmen, holt das Mädchen der Reihe nach bei jedem Herrn die Begrüßung ein. Es sieht sehr artig aus und scheint doch nach einem inneren Triebwerk vonstatten zu gehen, fast lüstern, als sammle die Kleine mit jedem Handschlag eine Gabe. Sie macht einen Knicks und reicht den einen, den linken und wie zum Küssen der Fingerspitzen ausgestreckten Arm, doch ohne jemandem dabei in die Augen zu blicken, ja mit zugekniffenen Augen geradezu. Einige Angestellte erheben dabei sogar den Hintern ein wenig vom Sitz, unsicher, welche Ehre ein heiler Erwachsener einem invaliden Kind schuldig ist. Als der Chef seinen heimlichen Blick nicht von der Kleinen ablenken kann und ein verkniffenes Lächeln unter seinen Augen bleibt, beugt sich der Vater zu ihm und entschuldigt sich noch ein letztes Mal, nun für sein Töchterchen im ganzen. Er sagt: »Entschuldigen Sie bitte den Anblick...«

Grit spuckt einen Klumpen zerbissenes Fleisch auf den Teller zurück. Sie ist nahe daran, quer über den Tisch zu erbrechen.

Das Mädchen schmiegt sich dem Vater an die

Hüfte. Die Begrüßungstour hat es eher schüchterner gemacht. Der Chef räumt dem Aufgegebenen und seinem Kind Platz neben sich auf der Bank ein. Beide setzen sich nieder und der Vater klappt dienstfertig den Ordner auf. Da er nicht weiß, was gerade gefordert ist, streicht er mit dem Handrücken eine beliebige Plastikhülle glatt. Vergrößert und entsetzlich, wie ihrer überreizten Auffassung alles erscheint, was sich da am Nebentisch abspielt, möchte Grit am liebsten hinüberspringen und diesen traurigen Speichellecker am Kragen zu Boden reißen. Dieser perverse Versager!, schleppt sein verkrüppeltes Kindchen herbei, um Mitleid und Gunst für sich selber zu erheischen, und dann, als er merkt, die Wirkung ist mehr Grauen als Rührung, dann setzt er sich ab vom Kind, entschuldigen Sie bitte den Anblick!, als spräche er von einem räudigen Köter, von einem liederlichen Zimmer, in dem überall Schmutzwäsche herumliegt. Merkt denn der gar nicht, wie verdorben bis in den Herzensgrund ihn seine Stellung schon gemacht hat, und wie er weiterhin dem Chef an den Lippen klebt und keine Ahnung hat, daß die Oberste Etage ihn längst aufgegeben hat... Ich hab's ja mitangehört, denkt Grit, ich werd mal rübergehen und ihm das alles klarmachen... »Du Scheißtyp du«, stößt sie leise hervor.

In diesem Moment rennt ein Betrunkener quer

durch die Halle, saust vorbei, um nicht zu torkeln, nicht zu fallen, und plumpst am Tisch der Makler auf einen Stuhl, den einer der Angestellten gerade verlassen hat.

Grit hat es am Sausen schon, an den fliehenden Trippelschritten gehört. Der Vater. So rennt nur er und ist dann so betrunken, daß es bei ihm spukt. Er kann nichts mehr äußern, nur diese Schritte und Schrittchen noch, hört kaum, saust herum und scheint vor unsichtbaren Verfolgern zu fliehen. Nun am Tisch ist er besorgt, seine schweren Beine und Arme zusammenzupacken, versucht niedrig und unauffällig dazusitzen, damit ihn die Verfolger vielleicht übersehen könnten... Also ist er dauernd schon hier im Keller gewesen und hat vermutlich in einem hinteren Winkel mit fremden Leuten getrunken. Aber dieser kleine, alte Mann – und im Trachtenjanker! Grit erschrickt, da ihr der Vater so unheimlich verwandelt erscheint, wie hinübergegangen in ein anderes Lebensalter, eine andere Heimat mit fremden Sitten und Trachten. Nein, sagt sie sich, er ist bloß verkauert jetzt, und vom Trinken verrutscht die ganze Statur. Aber was kauft er sich solch alberne Jacke! Er blickt mit furchtsam geweiteten Augen unter den Tisch und legt die Hände fest an die Knie, will wirklich ganz übersehbar sein.

»Grüß Gott, Herr Bekker«, sagen die geschniegelten Herren zum Vater, ein wenig aufgeräumt, doch nicht herablassend, denn auch dieser Urlaubsgast könnte morgen schon ein Immobilienkunde sein. Das kleine Mädchen mit nur einem Arm drängt sich heulend an seinen Vater. Es fürchtet sich vor dem Betrunkenen, dem steifen stillen Gast, und ruft plärrend, der Vater möge den Bösen Mann davonjagen. Da wendet sich Grits Empörung auf einmal gegen die zimpernde Kleine, die den hilflos und abwesend sitzenden Vater schmäht und sich aufführt, als sei der Erlkönig hinter ihr her... Halts Maul, kleines Biest... Mißgeburt!

Mit einem Stoß aus sich selbst steht der Betrunkene plötzlich wieder auf den Beinen. Dabei wirft er hinter sich den Stuhl zu Boden. Er trippelt in einer schneidigen Kurve über die Steinfliesen und kommt geradewegs vor Grits Tisch zu stehen. Der Polter des umgestürzten Stuhls scheint ihm irgendwie nachzuhängen; er hält die rechte Hand, mit der er den Stuhl beim Aufstehen zuletzt berührt hat, auf seinem Rücken und klappt sie mehrmals auf und zu, als suche er nach der entfallenen Lehne zu greifen.

»Vater...«, sagt Grit leise.

Der Betrunkene mit seinen müden, kummervollen Augen macht eine kleine Verbeugung, wie es die Wirte tun, wenn sie ihre Speisegäste begrüßen. Dann kehrt er schaukelnd und nicht mehr im

Sauseschritt zu seinem vorherigen Tisch zurück, an dem er den Abend vertrank im Kreis einiger junger Männer, Hockeysportler, von denen es schon die ganze Zeit zu Grit herüberdröhnte. Doch konnte sie ja nicht wissen, daß die dort mit dem Vater ihre Scherze trieben.

Nun war sie begrüßt. Wahrscheinlich hätte der Vater gern mehr getan als nur diese kleine Verbeugung, doch in seinem Zustand war keine größere Bewegung oder Äußerung von ihm zu erwarten. Sich ihr täppisch und lallend anzubinden, davor beherrscht er sich trotz des tiefen Rauschs. Und doch bleibt ein stärkeres Herzklopfen nach dieser Begegnung und dem Anblick dieses ihr in nächster Nähe entrückten Manns. Wenig später hört sie im Hintergrund eine Kellnerin aufgebracht rufen, so laut, daß das ganze Restaurant die Köpfe hebt.

»Ja Herr Bekker, Herr Bekker!... Sie ham Eana ja o gmacht . . . ganz naß! Ja, schämen's Eana net?« Die Leute an ihren Tischen kichern. Sie sind daran gewöhnt, daß sich die Kellnerin gern mit Betrunkenen anlegt, um sie vor einem Publikum auf die einfältigste Weise bloßzustellen. Sie trötet den Vater an wie ein begriffsstutziges Kind oder einen Dorftrottel. Er braucht eine Weile, bis es ihm gelingt, seine Stummheit wie eine Art innerer Schallmauer zu durchbrechen. Zuerst kommt, bei aufgeklapptem

Mund, nichts heraus. Dann ein sehr tiefer, sehr grundsätzlicher Stöhner, wie man ihn zuweilen von schläfrigen Hunden so menschenähnlich vernimmt und dann immer glaubt, gleich müsse das Tier auch zu reden beginnen. Schließlich sagt er mit schwerer Betonung: »Wo denn?«, und die Kellnerin, das Servierfräulein mit dem vollen Biertablett auf der Hand, setzt vor allen Gästen ihre derbe Szene fort: »Do! Schaun's doch am Hosentürl . . . ganz naß, Herr Bekker.« Alle im Gasthaus, auch die, die nichts sehen, lachen jetzt schallend, doch einige rufen auch, zwar amüsiert, das Servierfräulein zum Anstand zurück. Grit hat sich nicht umgebeugt, sie sitzt ohne Bewegung an ihrem Tisch. »Wartens«, ruft die Kellnerin, »i bring Eana was zum Aufwischen.« Dann läuft sie rasch weiter und serviert die Biere.

Plötzlich sitzt der Vater neben Grit auf der Bank. Davongesaust von der Bühne und ihren Plagen, davongesaust von seinen Spezis und seinen Spöttern. Grit sieht ihn von der Seite an. Er sitzt ganz nah bei ihr. Er müht sich, unterm Tisch die Beine übereinander zu schlagen und gleichzeitig den rechten Arm aufzustützen, um mit dem Fingernagel des Daumens in einer Zahnlücke zu stochern. Wieder sucht er Zuflucht in einer unscheinbaren und beschäftigten Haltung, die seine Angst und sein Chaos, seine Entkräftung und sein Verstummen überformen könnte. Doch immer wieder rutscht der Ellenbogen von der Tischkante, und das rechte Bein kommt nicht über das linke Knie hinweg. Schließlich lehnt er sich zurück, läßt die Arme fallen, wohin sie wollen, streckt sich aus und legt das Kinn auf die Brust. Nun bemerkt Grit, daß die Kellnerin den Vater nicht ohne Grund veruzt hat. Der Hosenstall steht halb offen und drumherum auf dem grauen Stoff ist ein dunkler feuchter Fleck. Jetzt, wo er mit auseinandergeklappten Beinen neben ihr liegt, riecht es stechend nach Urin.

Er soll sich bloß nicht wundscheuern! denkt Grit ganz unversehens und läuft rot an in diesem abwegigen Augenblick von Muttersorge. Sie winkt ihre Kellnerin herbei, jene, welche fremde Mienen stiehlt, und läßt die Rechnung schreiben. Für beide. Ja, nun seht alle her und seht, daß wir zusammengehören...

»Ich kann's nicht zusammenfassen«, sagt der Vater jetzt oft, still verwundert, wenn er aus Erinnerungen erzählen soll und plötzlich abbricht. Er denkt und spricht und gibt auf mitten im Satz. »So war es nicht.« Er erinnert sich schlecht. Für Grit ist das ganze Gehabe des Vaters, das er in letzter Zeit an den Tag legt, nur schwer zu verstehen. Er erscheint ihr wechselnd aufmerksam und stumpf, verlangend und erschlafft, klug und unkundig. Ein gebildeter Mensch, dazu noch kräftig und am Leib gesund, den Alter befällt in seinen besten Jahren wie eine heimtückische Krankheit. Und doch stockt er besonders beim Erzählen aus der Vergangenheit, was doch sonst den älteren Menschen das Liebste ist, vor allem wenn sie ihre Kinder vor sich haben. Sicher ist, daß er sich mit zuviel Alkohol, mit zuviel Cognac schadet, auch im Gehirn. Sie meint, daß sie stärker als bisher, mit ihren Mitteln unerbittlicher gegen diesen Mißbrauch einschreiten müsse und meint zugleich, daß trotzdem noch etwas anderes, irgendetwas Geheimnisvolleres an der Mißbildung seiner Mannesjahre mitwirken könnte. Allen Ernstes hat sie sich vorgenommen, bei nächster Gelegenheit in medizinischen Fachbüchern nachzuschlagen unter Alter, jähes. Auch glaubt sie sich an einen Film oder eine alte Erzählung zu erinnern, irgendeinen bekannten Stoff, in dem ein besonderes Gift eine Rolle spielte oder eine Zauberfrucht, und wer davon nahm, starb nicht auf der Stelle, sondern begann unverzüglich zu altern, dessen Jahre beschleunigten sich und Körper und Geist verfielen unaufhaltsam. Manchmal denkt sie indessen auch: er macht es sich ja bloß bequem. Er hat sich einmal der Faulheit ergeben, hat sich abgesperrt von seinem Feind und seinen wenigen Freunden, und nun gibt ihn die Faulheit nicht wieder frei. Sie frißt sich durch den ganzen Mann, seinen Willen, sein

Herz, seine Sprache, seine Muskeln. Ein Nichtstuer gelangt an seine äußersten Grenzen. Dann wiederum braucht sie nur in seine geröteten, verängstigten Augen zu sehen, die aus der Tiefe der Faulheit heraufblicken, um zu erkennen, daß ihm gar keine Wahl mehr gegeben ist und er das Opfer eines eingeimpften, eiligen Verfalls wurde, den er aus eigenen Kräften gewiß nicht mehr aufhalten kann. Die Augen können es gerade noch deutlich sagen: Sieh her, was Unbegreifliches mit mir passiert!, während der Mund es schon nicht mehr deutlich zu sagen vermag. Er redet daneben, stammelt, mischt Dummheit und ältere Weisheiten, die heute keiner mehr versteht. Bei alledem zeigt sich der Gequälte doch immer gut ausgeruht. Er schläft lange, trinkt in vollen Zügen, besucht Konditoreien. Jeden Tag machen Bekker und Grit einen längeren Ausflug im Wagen und zu Fuß. Grit plant und sorgt dafür, daß die Programme eingehalten werden und nicht allzuviel tote Zeit verbleibt. Eindrucksvoll erst kürzlich die Fahrt an den Dachstein, an den gestauten Gosausee und von dort zu Fuß hinauf zum Hinteren Gosausee. Eine einsame Wanderung, die in die Stille und Kälte der höheren Bergwelt einführt, über steinige Wege, die mit dünnem, überfrorenem Schnee bedeckt liegen, und immerzu durch feuchten, schwarzen Wald, der – so friedlich und gleichgültig er auch dastehen mag – doch aus

Märchen und bösem Traum zu bekannt und zu berüchtigt ist, als daß er einen nicht bedrücken würde, und durch den man am Ende wieder einmal ganz wie Hänsel und Gretel verirrt und ausgesetzt und unnatürlich gegangen ist.

Den kleineren See erblickt man nicht im Anweg langsam, man sieht ihn plötzlich vor sich dunkel scheinen. Auf seinem jenseitigen Ufer liegt ein Häuschen an, zu dem kein sichtbarer Weg hinunterführt. Hinter der Hütte steigen Fichten am Hügel auf. Im Schnee bis ans Ufer gibt es keine Fußspur. Stumpf und trocken wie im Tonstudio ist, wenn Schnee liegt, alles Geräusch im Berg. Irgendetwas knattert leise in der Ferne. Da öffnet sich die jenseitige Hütte und ein hagerer Mann in grauem Drillichanzug tritt heraus. Er winkt gegen die Spaziergänger...wie ein Sprengmeister oder ein Militär: nicht weitergehen und auch nicht länger hinsehen!

Sie kehren sogleich der Weisung nach um, ohne zu zögern und ohne dem Mann noch nachzusinnen. Unterwegs hält die Tochter den Vater einmal am Ärmel fest und sie bleiben stehen. »Ich möchte dich etwas fragen«, sagt sie, »warum hast du keine Freundin und keinen richtigen Freund? Versuche einmal, darauf zu antworten.«

Der Vater murmelt etwas Unverständliches und stürzt drei Schritte vorwärts, als hätte ihn ein großer Hund an der Leine gezogen.

»Mir scheint, du mußt jetzt bald zurück ins Institut, und wenn die dich nicht wollen, woandershin unter Männer. Die fehlen dir nämlich. Das war schon früher so. Du wirkst jetzt häufig älter als du bist. Manchmal redest du auch nicht ganz richtig. Und du trinkst zuviel...«

»Och, ich bin eigentlich nicht alt«, antwortet der Vater zerstreut und behaglich, »und ich lebe ja auch gar nicht besonders von meinen Erinnerungen.« Indem er nun schweigend weitergeht, spürt er, wie sehr er die Stadt vermißt und die Ruhe, die ihm die Stadt hin und wieder gönnt. So in der Frühe nach einer durchwanderten Nacht auf einer Bank endlich zum Sitzen kommen, draußen auf leerem Spielplatz am Rande irgendeiner Schlafstadt. Der breite Quader einer Mietskaserne im kühlen Morgen. Um sechs Uhr zwanzig springen in den kleinen Küchen von oben bis unten, kreuz und quer über die ganze Wand die Lichter an. Arbeiter mit Frau im Morgenmantel und Thermosflasche auf dem Tisch. Arbeiter mit Frau, beide zum Dienst gekleidet, am Küchentisch. Frau allein in Jeans und Pullover mit Kaffeetasse im Stehen. Ein Morgen in über fünfzig kleinen Fenstern, wie auf einer Videowabenwand...

Da ist zum einen das Geld, das wir gut verdienen (noch sogar ich, bei größter Schmach, bekomme es aus sicherer Kasse), zum anderen das

Deutschland, dessen Scharren und Schübe wir nicht wahrheitsgetreu bemessen und bemerken können, so angestrengt wir auch hinstarren und die Ohren spitzen, wir dürftigen Spanner des Zeitgeschehens. Da sitzen wir doch daneben, im Wohlergehn, in schalltoter Kabine, trocken, und Geräusche, die wir selber herausbringen, fallen schwach neben uns ab. Längst ist es Zeit für die Aufbäumung hinter dem Glas. Einmal müssen wir durch die tondichte Scheibe springen... Ich seh seit Jahr und Tag keine Menschen mehr, die gerade blicken können. Ich seh sie alle nur ihr Essen in sich gabeln und wie sie ihr Gehirn verziehen und Witze überlegen, geschulte Bemerkungen über nie geschaute Dinge. Frauen gehen, ohne nur das leiseste Suchen zu empfinden, vorbei. Entweder ihr Gesicht ist von zielloser Selbstbehauptung versiegelt oder von namenlosem Grauen. So sind sie längst zu Schwestern der Tatbestände geworden, trüber Rückstand ausgeglühter Mühe, und ein Versprechen zu Besserem werden sie niemals mehr sein... Und doch bleibt nur ein Ort, wenn du den gesamten Horizont abgehofft hast, ein Ort auf der Welt aller Sehnsucht wert, kein Haus in der Heide, kein noch so guter Garten und nicht die Freiheit, sondern allein das Ganz Andere Gesicht. Ein Mal so angesehen werden, daß sich alle Schmutzreste von der Seele lösen. Ein Mal den guten Blick, den zivilisieren-

den, der uns einen kleinen Innenhof mit Frieden
erfüllte! Oh, da muß man sich aber gut ansehen,
muß sich geduldig in den Augen liegen, um die
Gewißheit zu gewinnen, daß man wahrlich nicht
Angst voreinander zu haben braucht. Da genügt
nicht nur ein Stich mit den Augen oder ein klägli-
ches Streifen – das vermehrt ja nur die bösen
Strahlen der Welt! – oder ein ungezügeltes den
eigenen Worten Zuhören der Augen... Die Liebe wartet aufs Augenlicht. Wenn Augenlicht
scheint, bist du glücklich. Da mögen wir noch so
oft die nassen Bäuche aufeinanderklatschen, mit
den Leibern fuhrwerken und zappeln wie die Bi-
samratte, wir kommen der Sache doch niemals
näher als mit den Augen, die sich nicht vereinigen
lassen... »Sieh in die Sonne, mein Junge«, hat der
Offizier oft gesagt in seiner letzten Zeit, »sieh mit
offenem Auge in die Sonne, das stärkt das Auge.
Alles macht überhaupt nur die Sonne. Daß wir
überhaupt sehen können und die Erde farbig ist,
macht nur die Sonne.« Nach dem Mittagessen
wurde sein Sessel ans offene Fenster gerückt, und
er ließ sich von der Sonne lieben, konnte nicht
genug kriegen. Er, der alles haßte was sich bewegt, brachte es sichtbar zur Wollust in der
Sonne.

Grit sieht den Vater an, der neben ihr geht mit ge-
senktem Kopf. Diesen Mann, der an einem Tag

einen fürchterlichen Redeschwall ausschüttet, um dann an den folgenden den Mund gar nicht mehr aufzumachen. Diesen Mann, der ihr doch einst alle Fragen beantworten konnte und der soviel wußte. Nun ist der Erzieher unklar geworden. Das Kind führt einen Stammler über Land, den man über nichts mehr befragen kann. Der könnte ihr, wenn Not am Mann wäre, nicht den geringsten vernünftigen Ratschlag erteilen. Der würde sie kreuz und quer in die Irre erziehen, wenn sie jetzt noch klein wäre und seiner Hilfe bedürfte!

Nach dem Abendbrot sitzen sie auf ihren Zimmern, jeder an seinem Tischchen, Wand an Wand. Grit will vier Wochen am Mondsee bleiben, aber Weihnachten dann zuhause feiern. Vier Wochen in dieser nassen Dunkelheit? Nun, es ist ihr einziger Urlaub im Jahr, vier Wochen sollen es sein. Wie kommt man da hindurch? Fülle und Andrang der unverstrichenen Stunden versetzen Bekker zuweilen in eine Zeit-Not, die ihm die Brust zuschnürt. Der Aufschub ist kolossal. Er sitzt an seinem Tischchen und Zachler ist so weit. Manchmal drückt er ein Ohr an die Wand und hört Grit beim Zubettgehen zu. Zustände von Lähmung und Panik sind nicht zuletzt eine Folge seiner qualvollen Übungen, das Trinken einzuschränken, von Cognac auf Wein, auf wenig und leichten Grünen Wein sich umzustellen. Denn vor kurzem ist es zwischen Grit und ihm, wie aufflatternde Krähen so plötzlich, zu einem ernsten Gezeter gekommen.

»Aber du kannst mich doch nicht ein Leben lang als Idioten behandeln, bloß weil du mich einmal betrunken sahst!«

»Ein Mal? Viele Male!«

»Nie richtig betrunken.«

»Sondern? Wenn du auf allen vieren kriechst und nicht mehr piep noch papp sagen kannst?«

»Ich sehe alles, ich sehe alles... Es ist sinnlos, den Seher zu schelten.«

»Den was –?«

Undsoweiter. Ein heftiger Lärm, der ebenso schnell verflog wie er aufkam. Dennoch hat er Grit in sich gekehrt und in unruhigem Trübsinn zurückgelassen. Unwillkürlich fühlt sie sich an die furchtbaren Streitereien zwischen den Eltern erinnert.

Nach einer tiefen, letzten Kränkung, mit welcher die Mutter den gemeinen Wortwechsel beim Abendbrot schließlich ausfaucht, verläßt der Vater den gemeinsamen Tisch und schließt sich in sein Zimmer ein. Nicht einmal das Kind, das später zur Versöhnung geschickt wird, erlangt Zutritt. Erst kurz vor Mitternacht kommt er wieder hervor, kleidet sich zum Ausgang an und meldet der Mutter kurz, er habe noch einen Weg vor und zwar jenen zum Wasserwerk, der über eine gewisse Brücke, an einem gewissen Bahndamm entlangführt, wie bekannt. Über die Uhrzeit der Rückkehr wird dunkel getan. Das kleine Mädchen steht dabei und heult erbärmlich gegen den Vater, der sie so grausam auf Nimmerwiedersehen anblickt.

Wenn er gegen Morgen den Schlüssel ins Türschloß steckt und Brücke und Schiene ihn noch einmal freigegeben haben, springt Grit aus ihrem Bett und rennt ihm entgegen, klammert sich an seine Hüfte, hängt sich an die Taschen seines Mantels. Dann nimmt er die Kleine auf den Arm und sie lachen beide erlöst. Er bringt sie zurück in ihr Zimmer und wiegt sie nach den Reimen von »Wie war zu Köln es doch vordem«, und läßt sie bei »Denn, war man faul, man legte sich hin auf das Bett und pflegte sich« aus schaukelnden Händen hinunter in die weiche Kissenburg fallen. Grit quietscht und strampelt, zerwühlt dem Vater die Frisur und zieht ihn am Ohrläppchen zu ihrem Gesicht und küßt ihn auf den Mund.

In späteren Jahren einmal, als Grit schon die Oberschule besucht, kurz vor der ersten Mondsee-Reise, und Bekker nur hin und wieder noch zu Besuch kommt, betrachtet er verstohlen sein

Kind in einem empfindlichen Alter, in dem jede weitere Stunde, beinahe jeder Augenblick die Waagschale zum Fraulichen hin zu beschweren scheint. Die Lippen leicht aufgewölbt, die Nase aber noch zierlich und stupsig, die Augen schon neugierig aufgegangen, mit zielgenauen, seltsam knappen Blicken, wie sie nur mißtrauische, aktive Menschen haben. (Das verlor sich im übrigen später wieder. Es gehörte wohl zu jener Ungeduld, mit der damals das eigene Werden und endlich Fertigwerden nicht erwartet werden konnte.) Wie sie mit dem Handrücken das Haar von der Stirn schiebt, die Gabel ins Fleisch piekt, das ist alles noch unbehend und unreif. Doch sind durch Getue und Manier schon Formen vorgerundet, die brauchen nur ein bißchen mehr Erprobung und Geschick und sind dann ausgeprägt und fallen nicht mehr auf. Ja, es fehlt vielleicht nur der eine entscheidende Augenblick und die Unreife ist für immer dahin. An diesem möchte der Vater nicht schuld sein. Er wagt kaum noch, Grit am Arm zu fassen, zögert sogar, sie freimütig anzusprechen, sie irgendwie zu reizen, immer in Sorge, er könne mit allem ihr schwebendes Gesicht ungünstig beeinflussen, es käme zu etwas Frühreifem, Vorzeitigem, ja die Reife bräche plötzlich hervor, gerade in dem Augenblick, da sie ihm entgegnen müßte...

Nein, dies ist keine Erinnerung. So wie er sie heute anblickt, kann er sich durchaus nicht daran erinnern, wie sie früher war als Kind. Erinnerung ist es nicht, nicht diese ziellose Erektion vor verlassenen Kleidern. Dies ist eine Gedächtnissprengung. Denn man wird das ganze häusliche Gedächtnis nun in die Luft jagen müssen... Wenn sie ihm manchmal gestattet, abends noch auf ihrem Zimmer neben ihr zu sitzen, während sie liest, kommen ihm vor lauter Wohlwollen und Wohlsein die Tränen. Er ist süchtig nach Harmonie mit dem Kind. Zuweilen beim Abstieg, beim Stammeln, bei pechschwarzer Sicht greift er nach ihrer Hand und hält sich fest. Nun, sie läßt es geschehen, läßt es weniger als geschehen. Es ist nicht wahrscheinlich, daß sie irgendeine Regung außer Geduld für ihn aufbringen könnte. Es ist auch nicht wahrscheinlich, daß sie überhaupt und im allgemeinen reich empfindet. Ein schmales Rund die ganze Seele, und ein bißchen zu selbstgenügsam ist sie. Niemals geheißen, sich aufzulehnen, geboren zu akzeptieren und zurechtzukommen, fehlen ihrem Wesen, wie bei so vielen ihrer Altersgenossen, die Schwingungen des Kampfes und der Unduldsamkeit. Es scheint ja, die Zeit habe aus unseren Kindern das Gegenteil von Vatermördern gemacht. Vater und Sohn, mit bunten, dickknotigen Krawatten, eigens fürs Farbfernsehen ausgewählt, sitzen nebeneinander in den Quizkabinen und wissen gemeinsam alles über Elvis, sein Leben, seine Lieder, seine Filme, seine Shows. Sie gehören auch demselben Fanclub an, der Vierzigjährige und der Siebzehnjährige. Sie streiten sich nicht, sie ergänzen sich, vereint im Kult um dasselbe Idol. Gemeinsam wissen sie einfach alles über Elvis. Sie besitzen eine einzigartige Sammlung, ein kostbares Archiv mit unzähligen Zeitungsausschnitten, Fotos, empfangenen und erhandelten Autogrammen, und während der Sendung zeigen sie in einer durchsichtigen Bonbonniere ein weißes Seidentuch, mit dem sich Elvis bei seinem letzten Auftritt den Schweiß von der Stirn tupfte. Alle zwei Jahre fahren sie in den Ferien nach Memphis und wickeln vor Graceland, dem Anwesen des Sängers, große Transparente aus, auf denen Grüße und Wünsche ihres Clubs gemalt sind. Auch nach seinem Tod, an den sie ›im Prinzip‹ nicht glauben wollen, sind sie schon wieder drüben gewesen. Woran sie aber glauben, das ist die Existenz Dutzender von Kameras, überall in den Mauern um Graceland versteckter Filmkameras, durch die Er in seinem Schlafzimmer alle seine Fans vor den Toren auf vielen Videoschirmen sieht, während Er auf dem Bett liegt und eine Coke nach der anderen trinkt – Er sieht uns alle!... Der Vater, ein Bohrmeister aus Bakum/Kreis Vechta sagt: »Ich mag Elvis, weil er für mich das Reine verkörpert.« Der Sohn

sagt: »Er hat anderen Menschen soviel Kraft gegeben. Wenn man ihn hört, dann verliert man
niemals das Vertrauen zu sich selbst.«

Grit liest am Mondsee in einem Buch, das ihr
nicht recht eingeht und in dem sie zuweilen ungeduldig vorausblättert. Joseph hat es ihr mitgege-
ben, ›Die Barke‹ von Louis Malomy. Der Held
des Romans, stets nur mit M. bezeichnet, hat eine
kleine Schar von Freunden und Nächsten auf
seine Yacht geladen, um mit ihnen wie Noah in
der Arche aus New York und aller Zivilisation zu
fliehen. Das Fiasko dieser Reise wird rüde und
langatmig ausgemalt. Am Ende kehrt eine vollkommen zerstörte Gemeinschaft, lauter delirierende Individuen, auf einem wahren Totenschiff
in den Heimathafen zurück. »Aber wer ist denn
dieser M. im Roman?« fragt Grit und antwortet
gleich darauf zu ihrer vollen Zufriedenheit: »Das
ist doch Malomy selbst. M. gleicht Malomy.«
»Das muß nicht sein«, sagt Bekker beflissen, »so
einfach ist es meistens nicht. Wäre es so, dann
könnte Malomy ja einfach Ich sagen. Aber selbst
wenn er Ich sagte, wäre es deshalb noch keineswegs sicher, daß er, Malomy, der Autor, auch der
Held des Romans ist. So ist es bei vielen Roma-
nen.« Obwohl hiermit vom Vater endlich eine
Antwort erging, die geistig anführt, wie es Grit
sich wünscht, folgt sie ihm nicht, sondern sieht

enttäuscht zurück ins Buch. »Verstehe ich nicht.« Dabei scheint sie zu denken: Was für ein unnötiges Rätsel! Das macht die Sache doch bloß noch komplizierter.

Wie schön, wie tief und dumm, mit weichen, entspannten Wangen, die nachdenkliche Frau aussieht, die ein wenig beleidigt liest, den Kopf zum Buch gebeugt, das auf ihrem Schoß liegt. Zärtlich ist er für die unbeholfene Leserin eingenommen. Wie gern wäre er bereit und wie fähig, ihr in ihre Beschränktheit zu folgen und ihr allen Unsinn nachzuplappern. Wie gemütlich ließe sich's hausen in diesen beschränkten Ansichten, in diesen sicheren und falschen Überzeugungen!

Sie liest mehrere Seiten, ohne zu stutzen. Dann, plötzlich, ein tiefer Seufzer: »So wahr! So wahr!« ruft sie und klappt das Buch zu. Gleichsam als wollte sie sagen: Wenn es anfängt derartig wahr zu werden, brauche ich kein Buch mehr. Ihre Wangen sind voll, keine Mulde darin, und glühen schnell auf. (Ist das vielleicht der Eingang, wie? Vielleicht dort der erste Durchschein des untersten Höllenkreises, zu dem ich hinunter muß? Man weiß ja heute nicht mehr, wo eigentlich der Eingang verborgen ist…)

Wieder ein Ausflug nach Salzburg. Mit geducktem Kopf an den Mauern entlang. Endlich wieder in der Stadt gehen. Die moosige Dunkelheit aus allen Gassen, jetzt im Vorwinter, bei ewig bedecktem Himmel, bettet dich, aber an unheimlichem Ort, nah beim Abgrund. Grit wird plötzlich und grundlos vom heulenden Elend gepackt. Sie geht aber tüchtig und eilends neben dem Vater her. Und gerade die heftigen gemeinsamen Schritte, und sich dabei mit dem Vater als ein vages und starkes Paar zu fühlen, scheinen ganz einfach oben die Tränen herauszuschütteln. Diese laufen unvermindert noch, als sie am späteren Nachmittag im Tomaselli einen unnatürlichen Appetit entwickelt und eine gewaltige Menge Nahrung zu sich nimmt, um, wie es scheint, eine vom Dasein selbst geschaffene Leere und Sehnsucht zuzustopfen. Bekker sieht mit Staunen zu, wie Ergriffenheit und Freßgier überhaupt sich so vertragen können. Grit ißt hintereinander weg ein Filetsteak, eine Salatschüssel, zwei Käsebrote, eines mit Camembert, eines mit Edamer, zum Schluß eine Punsch- und eine Sachertorte.

Nachdem dies alles verputzt ist, glühen die Backen wieder, das Weinen ist vorbei. Sie sieht dem Vater schuldig schön, vom leeren Teller herauf, ins Gesicht. Die Mundwinkel, heruntergezogen, streifen den Ausdruck von Verachtung. Dann aber öffnet sich der Mund und sie lächelt klar. Jedoch knapp an ihm vorbei. Es trifft einen anderen, einen Mann in seinem Rücken, der allein an seinem Tisch sitzt, ein Ausländer von dunkler Hautfarbe, allem Anschein nach ein Inder, elegant gekleidet, in matten Grautönen Hemd und Anzug, die das starke Schwarz des Kopfs ableiten und mildern. Mit einem Mal reckt sich Grit auf und umarmt den Vater, schmiegt sich heftig an ihn. So unverhofft in seiner verkauerten Haltung an ihre Brust gezogen und unbequem gedrückt, legt er zögernd seine Hände auf ihren Rücken, streichelt sie befangen zwischen den Schultern, aber dann auch langsam abwärts.

Er denkt, statt nichts denkt er: Oh, ich weiß sehr wohl, was ihr Gesicht jetzt tut da oben… Dort über meiner Schulter spricht es dem Inder zu. Und ich weiß auch, was es sagt. Siehst du, sagt es, so sieht es aus, wenn ich jemanden im Arm halte und fest zudrücke. Das kann viel Freude machen, glaub es mir. Und wenn es dir gefällt, dann kannst du's auch gern mal spüren… »Hilfehilfe«, flüstert sie gerade über seinem Ohr. Hilfehilfe bedeutet freilich nichts, entfährt ihr nur so als ein Seufzer des Behagens, wie andere Leute »irre« oder »Klasse« sagen, wenn sie zufrieden und erstaunt sind. Bekker schiebt sie nun sacht zurück in ihren Sitz. Als sie sich wieder gegenüber sind, setzt er die Hand mit erhobenem Zeigefinger auf den Tisch, um für eine ernstere Erklärung den Takt zu geben. Doch Grit nimmt jetzt einen solchen Drohfinger, wie er einst dem zappligen Kind vorgehalten wurde, für nichts; sie packt ihn in ihre kleine Faust und streichelt mit dem Daumen die Kuppe. Unübersehbar für den Inder! »Was ist?« fragt sie mit schiefen Lippen, und lüsterne Kringel erscheinen unter den Augen. Bekker wird der Kopf rot und der Rücken kalt. Ach was, bin ja bloß der Popanz für den Inder, denkt er, nur die Puppe zum Beispiel, an der sie ihre anzüglichen Griffe zur Schau stellt. Nun beginnt sie, die flüsternde Verführerin zu spielen, verströmt in süßen Tönen und mit viel Kopfverdrehn die unwahrhaftigsten Geständnisse. Welches Glück doch, daß ihr noch einmal im Leben der Vater zugewachsen sei, zehn Jahre lang nicht aufeinander aufgepaßt, zehn Jahre Gleichgültigkeit, jetzt aber, endlich, jetzt allein mit ihm, zum ersten Mal überhaupt so ein Gefühl für den Vater, einen Menschen, den sie noch einmal über alles befragen möchte, um den sie sich kümmern, für den sie sorgen wolle und in allem einhalten, was ihre falschen Beziehungen seien, nur noch horchen... Sie rutscht auf ihrem Stuhl hin und her, immer unruhiger, umhalst den Vater ein weiteres Mal und springt daraus plötzlich empor, als gerade die grausame Übung in Schwärmerei mit einem erneuten ›Hilfehilfe!‹ ihren Höhepunkt erreicht hat, springt vom Tisch auf, wirft ihr langes Haar von den Schultern, damit auch dies der Inder kennenlernt, und verschwindet dann zu den Toiletten...

Es schießt über mir. Das Balg! Schüsse fallen, ich bin nah am Mündungsfeuer, weiß aber nicht, woher es kommt... Wie wenn du im Sommer vom Baden im See auf dem Fahrrad nach Hause fährst, fünf Uhr am heißen Nachmittag, und kommst am Landschulheim vorbei, in dem ein Mädchenchor alte deutsche Lieder übt. Dann krachen die Schüsse. Deine Freundin hinter dir schlägt klirrend mit dem Fahrrad auf die Land-straße. Über dir wird weiter geschossen, der Chor bricht ab, du hetzt geduckt über die Wiese zum Heim, springst durchs offene Fenster und versteckst dich im Chor der Mädchen, der sich eng über dir zusammenwindet. Aus klapperndem Mund sabberst du in die Jeans eines dieser frau-lichen Kinder, kleine Hände mit lackierten Fin-gerspitzen, die dich am Hinterkopf nach unten halten. Diese weisen und mutigen Mädchen schützen und bergen dich. Aber die, mit der du eben noch ins Wasser getaucht bist, liegt draußen getötet auf dem Weg. Wer hat es getan? Eine Be-hörde? Ein Amokschütze? Wer war sie über-haupt? Nun liegt sie da, tot, aufgerissenen Auges, in verrenkter Ruhe. Kein Wort berührt das mehr. Das ist ein Ding, so sehr, die Tote, daß keine Sprache, nicht einmal ihr eigener Name es noch nennen kann. Nirgends kommt Blut aus ihr her-aus. Nur die Augen sind zwei dicke blutige Beu-telchen. Sie gibt nicht einen einzigen Tropfen

108

Blut von sich. Es läuft in den Augen auf und weitet und wölbt sie...

Das Kind hat mich berührt! Und es ist, als habe diese eine Berührung genügt, meine Säulenstarre zu brechen und mir Alles noch einmal einzuschmelzen in die ungesonderte Masse der Wünsche und Begierden.

Sie bleibt inzwischen lange weg. Zu lange für ein kleines Geschäft. Rings aus dem Caféhaus treffen mich die Blicke, beim Umblättern der Zeitung entstehende oder aus Zwiegesprächen entweichende. Jedermann weiß ja, daß die Kleine, die mir eben so schön tat, jetzt einen großen Haufen Scheiße macht. Ich muß entsprechend alleingelassen anzusehen sein. Da wird man unterdessen zum Serviettenzerpflücker und Brotkrumenkneter. Gleich einem Detektiv auf der Spur der unscheinbarsten Anzeichen versuche ich alles, was sie zu mir gesagt hat, in Erinnerung zu bringen, wortwörtlich wiederherzustellen. Ich sag es mir im stillen noch einmal auf, wiederhole es flüsternd, prüfe die Echos, ob da nicht doch irgendwo ein Laut, ein Wörtchen, ein Atmer war, der unbezweifelbar auf ein Mehr hindeuten könnte, ein kleiner Wink, der nicht bloß dem Inder zur Ansicht geschah. Aber jedes Indiz, das ich näher untersuche, selbst das mir günstigste, bleibt zuletzt doch bezweifelbar, zwischen Versprechung und Täuschung unerträglich schwankend. »Jetzt sind wir allein«... Satz der Todesdrohung und Satz des äußersten Daheims. Sog, Furcht, Wärme, von Uranfängen bestürzte Sinne, schon wenn beim ersten Verloben der Blicke, düster und mit Ketten rasselnd, das Liebesfolterwerk zu laufen beginnt und die Pforte der Konzentrationskammer von außen verriegelt wird. Allein mit dem eigenen Kind... verbannt und verfallen, ausgeschlossen in einem Himmlischen Kerker, machtlos, vollkommen machtlos, um nur von der reinen Gewalt des einen Muskels uns aufbäumen zu lassen, denn es ist Ein Muskel zwischen ihr und mir und nichts sonst. Hier, am Ende der unendlichen Begebenheit, am Ende von Zeugung und Art, nur noch Wachstum und Steigerung, Übersteigung und Selbstfraß. Vollkommenes Verschwinden. Höchste Weihe der Liebe ohne Zweck und die Feier ihrer gesellschaftswidrigen Natur, Blutschande. Und kein Spiel ist dabei, keine Träume mehr, keine Ironie, auch wenn das bekannte Grinsen der Wollust bis zum Ende nicht von unseren Lippen weicht...

Grit kommt zurück. Nein. Es ist sinnlos. Kaum daß ich sie sehe, stockt der Rausch. Die eine Keine. Es bleibt mir nichts – nichts als bescheiden in meinem Eck zu hocken und auf ihr Wohl zu masturbieren. Fürchte mich bloß vor noch mehr Alter. Und daß ich starrsinnig werde.

Grad noch das Alter wissen können, bevor du es bist. Vollkommen starrsinnig...

Anders als bei ihrem Abgang fehlt ihren Schritten jetzt jeder Schwung und jedes Hallo. Fast kommt sie geschlichen, geduckt und bedächtig. Einige Leute sehen hinunter auf ihre Füße. Mit einem Absatz ihrer Stiefeletten hat sie vom Boden einen Streifen Klopapier aufgespießt und zieht ihn jetzt hinter sich her, ohne es zu merken. Dem Inder lächelt sie ein wenig zu, nun also unverhohlen, wenn auch müde, absagend. Ein so gutmütiges und gewöhnliches Schmunzeln erscheint auf dem fremdländischen Gesicht, als es die unwürdige Schleppe entdeckt, daß alles Geheimnis, die Dunkelheit selbst daraus entschwindet. Grit setzt sich wieder an den Tisch, stützt die Stirn in die Hand. Ihre Wangen sind rotfleckig, kleine Schweißtropfen stehen auf der weißen Nasenspitze. Sie klagt über furchtbare Schmerzen im Unterleib. Über Minuten habe sie sich nicht rühren können. Sie sieht den Vater ernst und abgelenkt an, als horche sie auf den verklingenden Rumor des Schmerzes. Sehr, sehr allein ist sie mit einem Mal und in die nüchterne, bleiche Welt der Sorge versetzt. Sie, die eben noch voller Anzüglichkeiten und Affentheater steckte. Sie bittet leise, daß bezahlt wird und auch, daß der Vater sie nach Hause fährt, damit sie selber nicht am Steuer zu sitzen brauche. Beim Hinausgehen, indem er ihr in den Parka hilft, versucht Bekker vorsichtig auf das Papier zu treten, das immer noch an ihrem Absatz hängt. Da merkt sie es, dreht sich um und sieht den abgerissenen Streifen ganz gleichgültig an, ohne daß ihr die geringste Verlegenheit käme. Nur ein letzter, matter Blick zum Inder scheint zu sagen: Nun ja, dort ist etwas Lächerliches liegen geblieben von mir; sieh's nur an als das zerrissene, bekleckerte Fähnlein, das immer am Ende der Begierde flattert, so oder so...

Bekker steuert zum ersten Mal Grits Wagen, den grünen Peugeot mit schwachen Bremsen, und fährt ihn vorsichtig über die Schnellstraße zum Mondsee. Grit liegt auf dem Rücksitz mit angezogenen Beinen, eine Decke um die Hüfte gewikkelt. Sie starrt unbewegt auf die Narben des Kunstlederpolsters und lauert auf den an- und abschwellenden Druck im Unterleib. Beschwerden von dieser Stärke hat sie bis jetzt nicht gekannt. Unwillig und nur auf beharrliches Nachfragen des Vaters berichtet sie von ihrer Krankheit und stellt sich an, als habe sie im Grunde genommen nichts damit zu tun. »Es ist eine ewige Entzündung«, sagt sie, »und das liegt daran, daß ich eine Menge Restharn zurückbehalte und das liegt daran, daß am Rückenmark unten etwas nicht stimmt.« Der Vater tadelt ihre maulfaulen Auskünfte, aus denen sich keinerlei Zusammenhang von Herkunft und Wirkung ihrer Krankheit ergebe. Allmählich kommt nun heraus, daß sie schon seit langem wegen eines Blasenleidens behandelt wurde. Im vergangenen Sommer hat sie eine erste neurologische Untersuchung vornehmen lassen, nachdem ihr Harndoktor sie fruchtlos über Jahre hin mit Antibiotika vollgestopft, sie förmlich zugeknallt hatte, wie sie es im Drogenjargon nennt, ohne jemals nach den Ursachen ihrer Beschwerden zu forschen. In der Klinik wurde schließlich ein Myelogramm gemacht, eine Röntgenaufnahme vom Rückenmark. Zum Einspritzen der Kontrastflüssigkeit hatte der Assistenzarzt in den Wirbelsäulenkanal zu stechen; dabei mußte er wohl auf eine Nervenwurzel getroffen haben, jedenfalls blitzte ein höllischer Schmerz durch ihr Bein. Anschließend fühlte sie sich durch den geringfügigen Verlust von Gehirnflüssigkeit, wie er bei einer solchen Punktion üblich ist, derart elend und geschwächt, daß sie noch eine ganze Woche im Klinikbett ausruhen mußte. Abgeschreckt durch die Strapazen, die allein diese Voruntersuchung bereitet hatten, widersetzte sie sich daraufhin jeder in dieser Klinik weiterführenden Behandlung. Sie lehnte den neurochirurgischen Eingriff ab, zu dem die Ärzte doch rieten, nachdem ihnen das Ergebnis der Myelographie einen ziemlich verdächtigen Befund geliefert hatte: Verdickungen nach Art von kleinen Beuteln, kolbenförmige Auftreibungen waren am unteren Ende des Rückenmarks entdeckt worden. Diese könnten, so hieß es, für etwelche Störungen im Bereich des Beckens verantwortlich sein, insofern sie unmittelbar auf jene Nervenfasern drückten, die unter anderem auch den Blasenschließmuskel kontrollieren. Um darüber Genaueres zu erfahren, gäbe es nur eins: öffnen, aufschneiden. Das sagten ihr die Ärzte. Doch Grit wollte sich nicht aufschneiden lassen, schon gar nicht gleich und im Sommer. Sie fürchtete sich im übrigen vor schlimmerer Gewißheit. Die Ärzte hätten zwar einen Verdacht auf Tumor nicht ausschließen wollen, aber doch eingeräumt, daß eine bösartige Geschwulst in dieser Gegend, am ›Pferdeschwanz‹ des Rückenmarks, ganz besonders selten vorkomme. Noch stärker fürchtete sie freilich, daß bei dem die kniffligste Fertigkeit verlangenden Eingriff nur wieder ein Ausrutscher passieren brauchte, ein Nerv wäre verletzt oder durchtrennt und sie würde als Gelähmte aus der Narkose erwachen. Daß eine solche Gefahr bestünde, obschon nur für den Fall, daß zuletzt tatsächlich eine restlose Beseitigung der Wucherungen vorgenommen würde, was der Operateur jedoch erst vor Ort entscheiden könne, darüber hatte man sie allerdings vorsichtig unterrichtet. Auf der Stelle verweigerte sie die Einwilligung zur Operation. Sie entschied sich vielmehr, die

Krankheit wieder sein zu lassen, was sie immer war, und mit ihren Beschwerden, an die sie sich halbwegs gewöhnt hatte, weiterzuleben wie bisher. Für diese träge und törichte Haltung findet sie noch kräftigen Zuspruch von seiten der Mutter, die ihr, stets nur durchs Telefon, von Süddeutschland herauf, jede Menge abergläubische Ratschläge erteilt und, natürlich, gerade eben genau denselben Fall in ihrem nächsten Bekanntenkreis miterlebt hat, eine Frau in Grits Alter und nach der Operation für immer an den Rollstuhl gefesselt. Laß dich bloß nicht aufmachen, Kindchen! Margarete nämlich lehnt jedweden Eingriff am geschlossenen Ganzen des menschlichen Leibs kategorisch ab. Sie hält es stattdessen mit Yoga, makrobiotischer Kost und strenger Homöopathie. Bekker versucht seiner Tochter das Gemeingefährliche und geradezu Geisteskranke einer solchen Einstellung vor Augen zu führen, zumal wenn eindeutige körperliche Krankheitsbefunde vorliegen. Darauf bekommt er nur zu hören, daß es etwas eindeutig Körperliches am Körper überhaupt nicht gebe. Angesichts von soviel obskurem Leichtsinn und Gesundbeterei drängt sich in ihm der Verstandesmensch, der Wissenschaftsdenker ganz unerwartet stark hervor. Immer erregter und nüchterner wird er und redet die Logik von Krankheit und Medizin, unter Verwendung der passendsten Begriffe und gescheitesten Beispiele, durch seine Arbeit im Institut darin geübt, sich mit den unterschiedlichsten Fachsprachen und Aussagesystemen rasch und ungefähr vertraut zu machen. Auf Grit verfehlt dieses hartnäckige Dozieren seinen Eindruck nicht. Sie gewinnt sogar selber wieder ein Interesse an ihrer Krankheit. Er bekümmert sich richtig, denkt sie, das ist aber schön. Es freut sie obendrein, daß er dabei allmählich aus seinen dunstigen Feldern hervortritt und ein ganz unbetrunkener Mann wird, auf den man sich vielleicht doch verlassen könnte, wenn es einmal ernst wird und Gefahr droht.

In der Pension fordert sie ihn auf, für kurz noch mit in ihr Zimmer zu kommen. Dort zieht sie sich geschwind und ungeniert vor seinen Augen aus, macht den Unterkörper frei wie beim Arzt, stellt sich gerade hin, die Beine dicht nebeneinander und beobachtet, wie schnell er erfaßt, was nicht zu übersehen ist: das linke Bein ist um die Wade herum etwas dünner als das rechte, dem Umfang nach vielleicht vier, fünf Zentimeter. Es fällt auf. »Die Wade ist taub«, sagt sie und faßt sie an. Dort spürt sie nichts. Die Muskeln sind erschlafft. Das bedeutet weiter nichts als nur manchmal beim Gehen den linken Fuß überhaupt nicht mehr dabei zu spüren. Dann denkt sie, sie stürzt sofort. Aber das passiert nicht. Stumm gafft Bekker auf das allzu plötzlich und schmerzhaft gelüftete Geheimnis, die Hüfte, die untere Nacktheit, die jedoch mit Sorge und klinischer Blöße fester als mit einem Keuschheitsmieder verschnürt ist. Steif und schroff steht die Nackte da und ausgesprochen zur Strafe dessen, der sie sich je nackt vorzustellen wagte. Bekker empfindet zutiefst einen Augenblick des Messers und der Reue: der delirierende Phallus geköpft und seiner ruchlosen Hirngespinste beraubt. Nur langsam erholt sich der Blick des entwurzelten Vaters und geblendeten Voyeurs und gewinnt die nötige kühle und ruhige Obacht allein für jene Körperstellen, die Grit ihm eigens weist und die kritisch sind. Und doch ist er derselbe Mann, der eben noch, im Schutze ihrer Unerreichbarkeit, diese Nacktheit träumte, und wären ihm Hüfte und Schamhaar jetzt auch traumgemäß erschienen, dann hätte er nichts anderes empfunden als die augenblickliche Verwilderung und Überschattung der ganzen Erde durch einen weiblichen Riesentorso am Firmament. So bleibt immer noch ein Schielen und ein leichter Atemstau, nichts löst sich ganz. Grit dreht sich um und zeigt auf zwei dunkle Flecken auf ihrem Hintern. »Tote Stellen«, sagt sie und versucht über die Schulter zu ihnen hinunter zu sehen. »Dort wird das Gewebe nicht mehr durchblutet. Auch taub.« Die Windung des bis zur Hüfte bekleideten Körpers, der hervorgedrehte schmale Hintern – dies

Pinnbild der billigsten Sorte und dem entgegen die bitteren Symptome: die toten Flecken, das dürre Bein, Restharn, Schließmuskellähmung, entzündetes Nierenbecken... »Jetzt zeig ich dir noch etwas«, sagt sie und streckt den linken Fuß aus. »Siehst du? Es ist ein Hohlfuß. Fast verkrüppelt. Auch das kommt wahrscheinlich von den eingeklemmten Nerven im Rückenmark. Gehört im Grunde alles zusammen, was ich dir gezeigt habe. Und den Hohlfuß hatte ich schon immer. Schon als kleines Mädchen. Warum habt ihr denn den nie gesehen? Du nicht und Margarete auch nicht. Habt ihr mich eigentlich mal richtig angeguckt? Wenn ein Hohlfuß auftaucht, muß man sich immer fragen, woher das kommt. Meistens kommt es vom Spinalen... vom Rückenmark her. Euch ist aber nichts aufgefallen und ich habe mir immer gedacht, das kommt vom Ballettunterricht, ein hoher Rist ist beim Ballett nichts Besonderes. Hilfehilfe. Also weißt du, man sieht sich sein Kind doch an, ob auch alles in Ordnung ist an ihm. Eltern wissen doch besser als das Kind, was gerade ist, was krumm.« Unterdessen hat sie sich eine Strumpfhose angezogen und die Decke, die sie aus dem Auto mitgebracht hat, fest um den Unterleib gewickelt. So geht sie zu Bett, schluckt mit zusammengekniffenen Augen zwei Tabletten ihres Medikaments und sagt dann noch: »Seit zehn Jahren oder noch länger oder von Geburt an ist da was krummgelaufen. Deshalb ist es auch unwahrscheinlich, daß es Krebs ist, diese Dinger da im Rücken. Das hat ja auch sein Gutes.« Daraufhin sieht sie den Vater etwas fremd und abgeneigt an; wie er nichts als schwer im Raum steht, die Hände in den Jankertaschen, nur lauter atmet und nicht geht.

Sie wünscht ihm eine gute Nacht, mit der Betonung, er möge sie jetzt allein lassen. Er bleibt noch eine Weile stehen, als suche er nach einem Verhalten, einer Antwort. Doch gehen ihm die ernsten und plötzlichen Enthüllungen, die Grit von ihrer Krankheit gab, noch zu neu im Kopf herum. Unter der von Begierde in Sorge sich umhäufenden Last der letzten Augenblicke bringt er nichts hervor, schweigt er unbeholfen. Er erwidert nur den Nachtgruß leise und geht dann langsam nach nebenan.

Grits Beschwerden halten an. Nach einer leichten Besserung in den folgenden Tagen, an denen immerhin noch kleinere Ausflüge möglich sind, endet alles in einer fürchterlichen Nacht, in der die Schmerzen im Unterleib ihr fast den Atem und das Bewußtsein rauben und durch kein Medikament mehr zu lindern sind. Ihr ist, als dehne der Harnstau die Blase wie einen Ballon aus und brächte sie beinahe zum Platzen. Als sie am Morgen zum Frühstück nicht erscheint, läuft Bekker hinauf in ihr Zimmer und findet sie bleich und flach in ihrem Kissen, verstört und niedergekämpft, mit dem Abdruck des Schreckens und des Nichts auf ihrem runden Gesicht. Sie wagt kaum die geringste Bewegung noch und blickt ihm angestrengt aus einer Ferne, in die Qual und Lebensgefahr sie entrückt haben, in die Augen, stumm nach Hilfe oder Sinn forschend, so daß er sich wieder schämen muß seines Schweigens und seines untüchtigen Mitleids. Ein Arzt wird aus dem Ort bestellt, obgleich Grit es für nutzlos hält und immer noch glaubt, ihr Zustand bessere sich von selber wieder. Ein jüngerer Mann erscheint wenig später, für einen Landarzt sonderbar vornehm gekleidet (er trägt eine Perlnadel in der Krawatte, wie ein bürgerlicher Herr von ehedem!), und dazu noch ein Ungar mit genau jenem Deutsch auf trägen Lippen, das immerzu an Operette denken läßt und an dem man in ernster Lage schier verzweifeln möchte. Um so strenger der Inhalt seiner Anordnungen. Er sieht sich nicht imstande, Grit mit Mitteln und Spritzen schmerzfrei über den Urlaub zu bringen. Sofortige Einweisung in ein Krankenhaus, es hilft nichts. Grit sieht sich den Ungarn an, ob er auch ja nicht übertreibe. Man mag in diesem Deutsch an gar nichts glauben. Aber seine Augen sind klar, so stetig und erfahren, trotzdem er an Jahren nicht alt ist. Es wird also seine Richtigkeit haben... »Manstett«, sagt Grit schwach, aber nicht zu schwach, um beim Formen dieses Namens den Mund verächtlich nach unten zu biegen. Manstett, der Neurochirurg zuhaus in der Westendklinik; Manstett, der Chef, der sie schon längst hätte aufmachen wollen und ihr versicherte, daß immer ein Bett für sie bereit sei und sie nur anzurufen brauche, falls sich ihr Zustand plötzlich verschlechtere. Grit berät mit dem Vater die nächsten Schritte, die nötig sind. Den Urlaub am Mondsee heißt es abzubrechen – zu unterbrechen, wie sie gleich verbessert, als der Vater zu eilfertig nickt. Nach Hause kommen sie am mühelosesten mit dem Flugzeug von Salzburg aus. Den Peugeot könne man später abholen oder gar überführen lassen, je nachdem. Nach dieser Nacht und diesem Aufstand der Schmerzen ist Grit bereit, ohnmächtig einverstanden, daß man sie aufmache.

Manstett gilt als die Nummer Eins in seinem Fach, Grit hat sich erkundigt, auch über die Grenzen der Stadt und sogar Deutschlands hinaus. Er mag etwa Mitte fünfzig sein, eine hagere Erscheinung, und seine Arme, bei einem Präzisionshandwerker befremdlich anzusehen, sind überlang wie bei einem Schimpansen, die Schultern dabei kümmerlich und schmal. Ein Kranz von rotblonden Locken liegt um seinen kahlen

Schädel, der ebenso wie die weiße und dünne Gesichtshaut von Sommersprossen befleckt ist. Er sieht krank aus, und zwar von Natur und Erbanlage her, wie etwa ein schwerer Diabetiker. Ein kranker, besessener Chirurg, denkt man, ein düsterer Meister, vielleicht sogar ein Teufel im Dienste der Gesundheit. Grit hat sich noch einmal mit ihm besprochen und Manstett war es gelungen, ihre Angst vor dem bevorstehenden Eingriff wenn nicht zu vertreiben so doch wesentlich zu dämpfen. Er behandelte sie gleichsam als verehrte Partnerin in der Aufführung seiner Operation, wie ein Dirigent, der sich mit dem Pianisten in großer Gelassenheit über ein oft musiziertes Konzert verständigt, obschon sie doch am nächsten Morgen nur als ein bewußtloses Stück Fleisch vor ihm liegen würde.

Sie zieht also mit einem kleinen Koffer, der von der Reise die noch unbenutzte Wäsche enthält, auf Station B in Zimmer Nr. 18 ein. Gleichzeitig mietet sich Bekker wieder in dem kleinen Hotel ein, in dem er wohnte, als er von Oldenburg zurückkehrte und noch tagelang durch die Stadt strich, bevor er den Mut fand, die Tochter anzurufen und ihr unter die Augen zu treten. Es liegt dem Krankenhaus schräg gegenüber. Von seinem Zimmer im vierten Stock kann er die Fassade des nördlichen Trakts sehen, die Balkone, auf die die Kranken aus den Mehrbettzimmern in Morgenmänteln heraustreten, um zu rauchen. In diesen Tagen vor Weihnachten ist es auf einmal verwirrend mild geworden, beinahe warm wie im Frühling, und im Krankenhausgarten blüht schon der Krokus.

Bekker liegt an diesem Abend angezogen auf seinem Bett. Er hat nicht getrunken, er mag nicht ausgehen. Dämmernd hört er auf den Wind, der durch die frühreif laue Nacht zieht, und er nimmt die Gestalt eines gütigen, überlandgreifenden Arms an, er klappert an den spillrigen Bäumen, hebt sich langsam zu ihm herauf, rührt an sein geöffnetes Fenster, und gerade noch eine Handwehe davon kommt ins Zimmer und die Stirn streift er mit Fingerspitzen. Das war der mächtige Arm, er zog vorüber. Morgen früh um halb neun wird Grit aufgemacht... Im Halbschlaf wühlen die Schuldgefühle, bestürzt ihn das Versäumnis von vor so vielen, vielen Jahren: ›Ich habe ihren Fuß nicht angesehen!‹, so wie man im Traum die letzte Sekunde vor einem unvermeidlichen Unfall bei vollem Bewußtsein erlebt... Ein ungünstig angebrachtes, unter zartes frisches Baumgrün verstecktes Verkehrsschild, ein unbedingtes, allerletztes Haltegebot, das jeden, der es übersieht, in den Untergang rasen läßt... Halt, Grit! Laß dich nicht aufschneiden! Komm raus, bevor es zu spät ist, vor der Narkose! Angst und Aberglauben haben ihn jetzt gepackt, er widerruft alle

Vernunft des Tages und des Wachens. Plötzlich hört er sich Worte, die er an sein Kind richtete oder hätte richten können, vor Gericht wiederholen oder hört sie vom Vorsitzenden erfragt: »Daraufhin sollen Sie zur Klägerin gesagt haben, daß Sie es keineswegs erschrecken würde, sie an den Rollstuhl gefesselt wiederzusehen. Im Gegenteil hätten Sie, Angeklagter, eine gewisse Genugtuung bei dem Gedanken empfunden, daß die Klägerin im Fall ihrer Hilflosigkeit dann ganz auf Ihre Pflege und Unterstützung angewiesen wäre...« Bekker zuckt mit dem Bein, während er im Traum brüllt und protestiert, und trampelt doch nur vergeblich gegen den Aluminiumdeckel des Schlafsargs, wacht nicht auf, und weiter geht es in diesem Fluchtraum, in dem dauernd ein unaufhaltsames Unheil nach dem anderen aufgehalten werden muß... Es ist, als müßten Sie einem einmal abgeschickten Brief hinterherrennen, von Poststation zu Poststation, ihn persönlich einholen, einen Brief an die eigene Mutter etwa, der vernichtende Schmähungen enthält, Worte, die wie geheime Mikrowellen den Herzschlag stoppen, eine Generalabrechnung, verfaßt an einem Abend nach vollkommen gescheitertem Tagwerk, ihr an jeglichem Scheitern, das nie enden will, die Schuld zuschreibend, unbegründet und allumfassend, und diesen langen, gefährlichen Brief noch spät in der Nacht in den Bahnhofsbriefkasten gesteckt, nachdem mit fuchtelnder Hand, in die Höhe drohend, ihn angekündigt, und daraufhin in bleiernen Schlaf fallen, um am nächsten Morgen unter Blitzen der Reue zu erwachen, dem Brief sofort hinterher, ihn persönlich einzuholen versuchen, in die Beamten, die die Verteilersysteme überwachen, zärtlich und klug eindringen, keinerlei Offenheit scheuen und doch erfahren müssen, daß der Brief die Stadt wahrscheinlich bereits um sechs Uhr in der Frühe verlassen hat, nun selber die Stadt ohne Zögern verlassen, da nach Versicherung eines Beamten die Sendung bis in den südlichsten Teil Deutschlands einen vollen Tag benötige, im D-Zug nun Lichtjahre lang sitzen, fast das Ziel aller Handlung aus dem Sinn verlierend, dann aber doch aussteigen in Füssen und geduckt zum Gärtchen am Haus der Mutter rennen, ihr bloß nicht vor die Augen, lieber eine Nacht frierend im Gebüsch, bis am nächsten Morgen der Briefträger eintrifft, ihm, aus tiefer Betrachtung des Tulpenbeets sich heraufbeugend, grüßend und zum Haus gehörig entgegentreten und sich die Post aushändigen lassen, worin zwischen Lotterielos und Ersatzkassenbescheid tatsächlich der verbrecherische Brief steckt, diesen an sich nehmen und das übrige vorsichtig durch den Türschlitz ins Haus einwerfen, und aber dann wenig später die Mutter heraustreten sehen und bei ihrem Anblick, beim Anblick des verhaßten kleinen Hutes sowie beim Hören der verhaßten kleinen Redensarten, die sie im Schwatz mit der Nachbarin verströmt, genau jenen Seelengrund erfüllt finden, aus dem heraus Sie den Brief geschrieben und all Ihr tagtägliches Scheitern der Mutter zugeschrieben hatten, ihr und dem endlos fruchtbaren Widerhall ihrer leeren Worte in Ihren Ohren, dem nicht zu tilgenden Mal ihres Ersten mutlosen Blicks auf Ihre winzige, noch nasse Stirn herab...

»Am Tag der Operation dürfen wir keine Besucher zu den Patienten lassen«, sagt die Stationsschwester und schüttet eine Tüte Plätzchen auf einen Pappteller. Bekker bleibt unschlüssig vor der Glasscheibe des Aufsichtsraums stehen. Es sieht nicht so aus, als könne er diesem barschen alten Fräulein eine Sondergenehmigung abbetteln. Zwei Koreanerinnen sitzen an einem Tisch, auf dem ein kleiner Weihnachtsbaum aufgestellt ist, strecken die kurzen Beine zueinander aus und tippen sich mit den Schuhspitzen an. Es riecht nach Kartoffelsuppe und Wundverband. Der Patientin geht es den Umständen entsprechend gut. Sie schläft. Eines der beiden eulenköpfigen Mädchen quasselt ohne Unterlaß der Stationsschwester in den Rücken; wie eine Häckselmaschine läuft das Mundwerk, und es rüttelt unser Gutes Deutsch und zerstückelt es und spreuzt es in tausend unkenntlichen Fetzen in die Gegend. Das geht ohne Halt und Hemmung, über Stock und Stein, eine einzige stürmische Beschwerde – soviel ist gerade noch zu verstehen – über die unzumutbaren Schwierigkeiten, für sich und die Freundin eine gemeinsame Wohnung zu finden.

Auf dem Gang liegen Patienten in fahrbaren Betten und warten darauf, zur Röntgenuntersuchung in den Keller transportiert zu werden. Zwei Krankenpfleger kommen; einer in besonders aufgeräumter Laune, der eine alte Frau mit seinem Gruß so dröhnend anfährt, daß sie davon noch im tiefen Koma zusammenschrecken müßte. Er grinst auch, als sie zuckt, so hämisch und droht komisch mit dem Finger, gleichsam als habe er sie mal wieder beim Leben ertappt. »Na, Frau Lehmann, wie geht's uns denn heute?« Die Frau – das Tuch, das Leichentuch reicht ihr schon bis ans Kinn, ihr Gesicht, ihr eingesunkenes, ist nicht mehr als ein schrumpeliger gelber Fleck auf dem weißen Kissen, schwach sagt sie bloß: »Och…«, als habe sie weiter nichts zu beklagen. Man muß annehmen, daß so ein Wärter ständig vor sich selber den Gesunden herauskehren muß, weniger um die Kranken aufzumuntern als vielmehr um sich selbst zu stärken und zu wappnen, damit diese Ghouls und Lebendtoten, die überall aus den Türen drängen, ihn nicht niederringen. In einem anderen Bett auf dem Gang liegt jemand, dem das Leinen schon über das Gesicht geschlagen ist. Doch ist er nicht tot. Aber da er Beine und Hände nicht rühren kann, hat er in das Tuch gebissen, um es sich vom Gesicht zu ziehen. Es sieht aus wie eine Leiche mit weiterfressendem Mund, die ihre Zudecke verschlingt, dabei die Füße und Biß um Biß langsam den ganzen nackten Körper enthüllt...

Am späten Nachmittag – beim zweiten Anlauf und nun mit Billigung der Schwester vom Spätdienst – darf Bekker endlich seine Tochter sehen. Er war gefaßt auf ein müdes und bleiches, aber doch ihm zulächelndes Gesicht. Stattdessen findet er einen krummen, liegengelassenen Menschenrest, so elend und hilflos, kaum bei Bewußtsein, im Gesicht mürrisch und gequält, sonderbar verändert und wie ins Kleine und Kindliche zurückgeworfen. Infusionsschläuche an jedem Handgelenk, als müsse man sie von außen und künstlich am Leben erhalten... Bekker steht da in einem ratlosen, scheuen Erbarmen. Kaum daß er das Zimmer betreten hat – sie erkennt ihn überhaupt nicht! –, verlangt sie gurgelnd nach der Schale, um sich zu erbrechen. Der Mund rundet sich zur Babyschnute und die Zunge stülpt eine schaumige weiße Flüssigkeit hervor. Dann läßt sie den Kopf, der glüht, zurücksinken ins Kissen. Die Infusion scheint sie unnatürlich zu erhitzen.

»Fenster auf«, befiehlt sie leise und stöhnend. Es scheint, daß man ihr zur Nacht ein starkes schmerzlinderndes Mittel gegeben hat und daß sie es schlecht verträgt. Das Morphium hat sie weit zurückversetzt, sie fast in ein anderes Wesen verwandelt; der Klang der Stimme, die quenglige Laune sind ganz wie die eines unartigen kleinen Mädchens. Sie, die der Vater in der letzten Zeit stets gutmütig, leicht gleichgültig und zum Dulden bereit erlebt hat, ist jetzt ausgesprochen unduldsam, gereizt und unwirsch; das wenige, was sie sagt, klingt immer patzig. In der Betäubung scheint sie für die eigene dunkle und abschüssige Lage nicht mehr als eine kleine biestige Verärgerung zu empfinden, wie früher bei verbotenem Kinobesuch oder vorenthaltenem Taschengeld. Fast macht sie einem so das Mitleid schwer.

Was haben die bloß mit dir angestellt, Grit? Gestern noch, den alten Lackkoffer vom Offizier in der Hand, im grünen Parka, heil und aufrecht durch den Klinikgarten gegangen und nun verwundet, hingefällt und einfach liegengelassen. Nach Schutz und Pflege sieht das hier wahrhaftig nicht aus. Warum kümmert sich denn keiner um dich? Was sagt Manstett, was hört man vom Chef, was hat er gefunden im Rücken? Aber über den Verlauf und das Ergebnis der Operation ist heute nichts zu erfahren, und Grit selber kann es ja nicht wissen. Eines immerhin hat Bekker glücklich festgestellt – er hat es aufgeregt beachtet: die Beine haben sich schon bewegt, sind nicht gelähmt! Es ist aber nicht sicher, ob sie selber es schon weiß oder ob diese ihre ärgste Furcht, verkrüppelt aus der Narkose zu erwachen, ihr noch gar nicht wieder in den Sinn, den verhangenen, gestiegen ist. Plötzlich bäumt sich wieder ein Erbarmen auf und er ist für einen Augenblick versucht, sie rücksichtslos von den Schläuchen zu reißen und aus diesem fürchterlichsten Eck der Unterwelt davonzutragen auf seinen Armen. Doch da befiehlt sie wieder, mit geschlossenen Augen: »Tu mir die Decke weg! ... Mach doch das Fenster auf!« Es klingt flehend und vorwurfsvoll. Bekker zögert aber und fragt sich, ob es gut sein kann, die inzwischen feucht gewordene und abgekühlte Luft an ihren schwachen, überhitzten Körper zu lassen. Unschlüssig und feig murmelt er etwas ganz Entgleistes: »Ich bin auch nur ein Sklave dieser Anstalt...« Nun verlangt Grit, auf die rechte Seite, dem Fenster zu, gedreht zu werden, denn allein aus eigner Kraft schafft sie es nicht. Wieder zögert Bekker, beschüchtert und besorgt, er könne mit einem falschen, ungeschulten Griff ihr unerträgliche Schmerzen zufügen. »Mir ist schlecht«, stöhnt sie, »es tut so weh... dreh mich um... Fenster auf.« Als der Vater nicht aufhört zu zögern und nicht wagt, ihr Erleichterung zu verschaffen, um nur ja nichts ungeschickt und verfehlt anzustellen, da verflucht sie ihn plötzlich, ganz derb und laut, und drückt mit zappelnder, mehrmals daneben greifender Hand die Bettklingel, damit der Krankenpfleger ihr zu Dienst komme... Wie schnell bist du krumm, wie schnell bist du übergegangen! Bekker blickt beschämt und verloren in Grits Bett hinunter, wo der Kopf sich unentwegt von einer Seite auf die andere wälzt. Da ist ihm auf einmal, als brüte der heiße, kranke Leib dort unten in der Kuhle, im weißen muffigen Nest ein ganz fremdes Wesen hervor, als verungeheure sein Kind. Haben nicht die Frankensteins ihr geradewegs an den Stamm gelangt, im Lebensnerv herumgestochert, wenn nicht gar daran herumgeschnitten und -geflickt? Das ist wahrhaftig nichts Geringes und nichts Oberflächliches. Unterm Messer ist wohl immer Todesangst im Körper, trotz Tiefschlaf und Narkose; auch wenn er sich nicht rührt, das Wesen bäumt sich dennoch auf, es schreit, es rast und kehrt dann von diesen Grenzen vielleicht beschattet und verführt zurück.

An diesem Abend läuft Bekker wieder die Stadt hinunter und trinkt. Er läuft – er hoppelt in ungleichen Schritten und Sprüngen, wie immer, wenn die Unrast ihm Beine macht und der Gang die Sprache spitzer Ausrufe, jähen Schweigens und starren Verhoffens spricht... Du gehst und plötzlich bist du übergangen. Wie Milliarden Teilchen wandern, sich binden und verstoßen werden. Die einen funkeln, die anderen nicht. Die einen denken, die anderen nicht. Das Spiel der Muskeln, das dem Denken Raum gibt, ist um kein Element reicher als die Totenstarre, die das Denken vergessen hat. Das ist beides egal. Es spielt überhaupt keine Rolle; weiter geht's und immer weiter. Stecken bleibt nichts. Bekker sieht den Krankenpfleger vor sich schweben, den aufgeschwemmten Jungen, der nicht glauben mochte, daß er Grits Vater sei und hintersinnig schmunzelte, wie er still den Katheter aus der Kitteltasche zog. Dieser Bursche wird sie jetzt anfassen, sie wird sich an seinen Hals klammern und sich von ihm auf die andere Seite heben lassen. Zimmer 18, Station B. Die schmutzigen Teller auf den Essenswagen stinken im Korridor... Manchmal rennt er wispernd und wie vom Absturz bedroht über gerades, flaches Pflaster, über eine vorher genau bemessene Gefahrenstrecke, als wäre ein Steg oder schmaler Mauersims zu überqueren, und wiegt sich hinterher erleichtert in Gewinnerpose. Vorwärtskommen ein Kunststück, immer ein Drahtseilakt. Entgegenkommenden Passanten biegt er im weiten Bogen aus, damit ihr Getrampel, ihre Wellen sein Kraftfeld, seine Rede nicht verstören, wodurch er im Nu das Gleichgewicht verlöre. Diese Strauchelballette und Hindernisläufe werden von Theke zu Theke, je betrunkener er wird, je enttäuschender die Gesellschaft, in die er gerät, immer verschrobener, immer einsamer.

In der Claudiusstraße steht ein Mann vor seinem Haus und klagt es an. Ein vierstöckiges Mietshaus aus der Gründerzeit, jedoch mit abgeklopfter, schmuckloser Fassade, nun frisch und billig verputzt. Der Mann steht auf wippenden Fußsohlen am Bordstein und wackelt über dem Kopf mit den Händen, als wollte er ein Unheil aus der Luft schütteln. »Du, Haus!« ruft er mit schwacher Stimme, »treib mich nicht zum Äußersten... Du, Schandproppen! hast mir schon genug auf dem Kerbholz!« Bekker bleibt plötzlich wie angepflockt stehen. Dieses Händeschütteln und dies ›Treib mich nicht zum Äußersten‹, das kommt von weither, kommt aus unmittelbarer Nähe von stinkenden Turnschuhen, Schreibhöcker am Mittelfinger, Pausenschelle, Gemächteschau hinter hohen Atlanten, Vorangst und Nachgrauen der Klassenarbeit und all dem übrigen Gestrüpp, was einmal Schule war. Und ›Schandproppen‹, dies albernste Wörtchen entrang sich, aufbellend, je nur einem Mund, Bongies Mund. Bongie, Lehrer in Biologie und Chemie, und der ist es auch, der da am Straßenrand wippt. Mein Gott!, wohnt der immer noch hier, Claudiusstraße 8, gepeinigt bis aufs Blut, fertigmachen, ranklotzen, wüstes Gejohl, wenn der schon die Klasse betrat, fiel aber auch auf alles herein, aber warum gerade der? Na-zi, Na-zi, brüllten alle im Chor, wenn er die Nerven verlor, Klassenbuch her, treibt mich nicht zum Äußersten, aber er war ja wirklich ein Nazi gewesen, das wußte jeder, und sein Sohn, Gerhard, auch in unserer Klasse und immer vornean, wenn's gegen den Vater losging, verriet uns den Namen von Papas Geliebter, Aschtritt, Aschtritt!, die Spinatwachtel vom Statistischen Landesamt, und weil Bongie ein so unglaublich gutmütiger Mensch war, reichte die Verfolgung natürlich bis tief ins Privatleben, der hat einfach alles zurückgekriegt, was die anderen Schinder an uns verbrochen hatten, dafür mußte er büßen, der runde, kleine Mann mit den Plattfüßen, bekam ein rosa Löschblatt hinten an den Rocksaum geheftet, worauf stand: ›Ich bin der schönste Nazi von ganz…‹, und damit ging er dann gemütlich durch die Straßen nach Schulschluß, denn außerhalb der Anstalt fühlte er sich sofort wohl und nahm einen honorigen und versonnenen Schritt auf, den er gelegentlich unterbrach, um sich in die Arschfalte zu greifen und sich genüßlich zu kratzen; zu Hause hat ihn dann seine Frau, wenn er mit sowas wie dem Löschblatt vorm Hintern ankam, erst richtig in die Mangel genommen, bekanntlich hat sie ihm, unter anfeuernden Rufen und Beifall von

Gerhard, ich war ja mal dabei!, nasse Wäsche und Milchtüten an den Kopf geschleudert, nur einmal hatten wir ihn soweit, daß uns selbst das Herz zerriß, wieder mal bis zum Äußersten getrieben, setzt er sich hinters Pult und will einen Eintrag nach dem anderen machen, da fängt er plötzlich das Heulen an, wir alle aus einem Mund ›Oahhh‹, echt enttäuscht, echt traurig, aber Gerhard nichts wie hinters Pult zu seinem Vater und legt ihm den Arm um die Schultern, hat aber in der Hand sein kleines Tuschfäßchen und kleckert es sacht auf Bongies Anzug herunter, was wir dann alle nicht mehr so toll fanden, wo wir den kleinen Nazi schon einmal geknickt und noch mal geknickt hatten...

So, jetzt, Bekker neben seinem alten Lehrer am Bordstein, befallen ihn Stiche von Reue und Scham, Seitenstechen nach erschöpfendem Lebenslauf wie nach den Tausendmeterrunden auf dem Schulsportfeld, er will sich ihm zuwenden, ihm so vieles abbitten und sieht, daß dieser nun ein Greis geworden ist und allem Anschein nach nicht weniger von Geistern geplagt wird als er selbst; Bongie, der sich vor seinem Haus in Positur stellt wie damals vor der tobenden Klasse und mit derselben hilflosen Verzweiflung, mit denselben alten Sprüchen sich Respekt zu verschaffen sucht vor einem stummen Gemäuer, das er ein Menschenalter lang bewohnt hat und von dem er nicht glauben mag, daß es keine Seele für ihre gemeinsame Geschichte besäße.

Bekker ruft ihn leise an: »Bongie!« Der alte Mann erblickt ihn argwöhnisch, mit scheuen Augen, von unten herauf. Dann schüttelt er den Kopf. Nein, ist er nicht, nicht mehr Bongie. Bekker geht ein paar Schritte auf den verängstigten Lehrer zu und fragt, ob er sich nicht erinnern könne an ihn, genannt der Schnelldenker, Lessing-Gymnasium, Mitte der fünfziger Jahre, Unterprima, der Neue in der Klasse nach Umzug mit der Mutter aus dem Lahntal... Der Alte unterbricht ihn und antwortet freudlos, ohne einen Augenblick nachzusinnen: »Ja natürlich.« Dann starrt er nieder aufs Trottoir und wartet, bis die Gefahr vorüberzieht. Bekker sieht ihn verwundert von der Seite an. Mit einem Mal wird ihm die Geschichte der aushöhlenden Demütigung, der langjährigen Hinrichtung dieses Mannes bewußt, an der auch er sich beteiligt hat, der kleine Schnelldenker, der auf Sportfesten unter den Lahmen die Internationale anstimmte, in die veralteten Landkarten mit der Zirkelspitze die Oder-Neiße-Linie einstichelte und gleichzeitig mit dem Klassenlehrer kollaborierte, seine Mitschüler verleumdete und verriet, selbstbewußt, machtgierig, kampfbereit, lange vor dem eigentlichen Start ins Leben ungeduldig auf- und abtrip-

pelnd, viel zu lange gefangen gehalten in Klassen-
zimmern, Lesesälen und Seminaren, um nicht
draußen mit einem Kopf voll blindem Taten-
drang gegen die erstbeste Mauer anzurennen, die
von Zachlers Institut, und sich in eine Haft nehmen zu lassen, die von der sublimsten und dauer-
haftesten Art sein sollte. Nun steht er im Grunde
ebenbürtig, ausgedient und zerrupft, neben der
Spottfigur seiner Jungensjahre, gleichsam mit
seinem Lehrer im selben Alter angelangt. In der
diskreten Komplizenschaft zweier Narren heben
da beide Männer, der durchgefallene Schnelllden-
ker und sein Lehrer, den ruhesuchenden Blick die
hanffarbene Fassade empor zum vierten Stock,
wo Bongie immer wohnte.

»Sauberes altes Haus«, sagt Bekker ein wenig
blöde.

»Ja natürlich«, gibt der Lehrer rasch zu, sich
zierlich im Schutz der Zustimmung bergend. Etwas später aber hebt er den Kopf und sieht Bekker ins Gesicht. Er verzieht leicht die Stirn, nicht
als ob er forsche, den ehemaligen Schüler schließlich doch zu erkennen, sondern wohl um herauszufinden, ob es sich bei seinem Nebenmann um
einen von Grund auf Andersdenkenden handelt
oder vielleicht nicht ganz. Kaum daß Bekker diesem Blick begegnet, beginnt er wieder mit Eifer
von früher zu erzählen, obschon er sonst Erinnerung besonders meidet und Schwelgen in Erinne-

rung nicht vorkommt. Hier aber sind ihm auf einmal unvergeßlich Bongies ausgefeilte Vorträge über Molekularbiologie, damals noch in blitzenden Anfängen und noch keine Sachbuch-Weisheit, der Unterricht auf frischestem wissenschaftlichem Niveau und faszinierend, wenn auch Perlen vor die Säue geworfen, und heute erst, im reifen Alter erst zu ermessen, welch stille Revolution des Menschenbilds damals vor lauter kreischenden grünen Rüpeln verkündet wurde… Unterdessen blickt der Alte aber wieder zu Boden. Darauf mag er nicht eingehen und schweigt. Nach einer Weile, in der auch Bekker wieder verstummt ist und den Mund hält, beginnt Bongie dann von sich aus zu sprechen, langsam und nur das Haus betreffend, und zwar genauso halsstarr gesammelt, als richte er an die Lehrerkonferenz einen Antrag auf Entfernung des unverbesserlichen Schülers Haus von der Anstalt. »Ad eins. Treppenhaus viel zu steil. Etagenlicht brennt zu kurz. Vordere Zimmer durch vorstehenden Kirchturm immer dunkel. Wasserrohrbrüche an der Tagesordnung. Zuviel Fenster zum Innenhof, zuviel Reinemachen. Neue Zentralheizung. Ferngas.«

Er unterbricht sich und sieht Bekker prüfend an, ob er sich wohl die richtige Vorstellung von einer solchen Neuerung mache. »Die Heizung wird ferngesteuert«, erklärt er wichtig, als sei dies der Anfang von 1984. Im ganzen sei das Haus für ältere Menschen wie ihn eine Zumutung. Die meisten Mieter seien daher jetzt ausgezogen. Allgemeine Bedrückung. Der Mietsherr habe die neue Zentralheizung auch nur einbauen lassen, um die Miete so kräftig in die Höhe zu setzen, daß die Alten ohnehin ihre Wohnung in diesem Haus sich nicht mehr leisten könnten. Es falle ihm jedoch schwer, das Haus, trotz alledem, auf einen Schlag zu vergessen. So sei es ihm zur Gewohnheit geworden, jeden Tag hier in der Claudiusstraße vorbeizuschauen, am liebsten in der Dämmerung, manchmal auch mitten in der Nacht.

Der Lehrer ist also ausgezogen. Seit einem halben Jahr wohnt er im Seniorenheim am Stadtbad Süd. Noch einmal kommt er dann auf den Mietsherrn zu sprechen und nach einer kleinen Pause, ganz leise, nennt er ihn beim Namen: »Der Gerhard«, sagt er und nickt dazu mit dem Kopf. Indem er so nur Gerhard sagt, verrät der Alte sacht und einfach, daß er Bekker nicht verkennt die ganze Zeit, denn einem Fremden würde Gerhard ja nichts besagen. Oh, ruft Bekker, was ist aus dem geworden? Was macht der Sohn? Nun, der ist eben Hausbesitzer jetzt, ein Ökonom ist er geworden, Finanzmakler, ein mächtiger Mann und vielfacher Hausbesitzer; nicht nur dieses alte Haus gehört ihm, aus dem er den eigenen Vater hinausgeworfen hat, indem er die Miete unverschämt erhöhte.

Alle Achtung. Dieser Junge zeigt große Ausdauer. Der verfolgt seinen Vater aber mit langem Atem, unerweichlich bis ins Grab. Der läßt wahrlich nicht locker. Gerhard, der schon vor der Klasse seinen Vater für einen Witz und eine Zote verraten und verkauft hat und zuhause, parteilos, die Eltern gegeneinander aufhetzte, sich kichernd in Sicherheit brachte und ihren brutalen Küchenturnieren zusah, lüstern und entrückt wie im Kino – Gerhard hat nun noch einmal zu einem mächtigen Schlag gegen den Vater ausgeholt, vielleicht seinem letzten, um endlich den Greis zu fällen, den Witwer und Pensionär, den schon vielseitig beraubten und verletzten Mann. Große Bosheit, alle Achtung. Ein geduldiges Vernichtungswerk, weitsichtig angelegt, das da ein Sohn für seinen Erzeuger ersonnen hat, für das er erst Stellung und Macht erwerben, erst der Mietsherr seines Vaters werden mußte, um es ganz zu vollenden. So Zachler kommen! So ihn lange würgen... Aber nur jemanden, über den man auch Macht hat, kann man lange quälen. Machtlos und auf dich allein gestellt, bleibt dir nur der kurze Überfall, der Heckenschuß, das Attentat – lauter schnelle Wendungen, in denen das Böse niemals zu seiner vollen Entfaltung kommen kann, denn diese wird nur in freier Dauer, bei unentrinnbarer Wiederkehr der Marter erreicht.

Bekker verlangt es, den alten Lehrer noch einmal reden zu hören, ihn zurückzuführen auf die überwachsenen Pfade des Unterrichts. Und er möchte ihm beteuern, daß diese jeweils letzte Stunde am Samstagmittag, in der er unter Stinken, Jaulen und einem Hagel von Papierbolzen in die Geheimnisse der Lebensschrift einführte, nicht ganz und gar umsonst gewesen sind. Dieser vielgeprüfte Gelehrte, damals gerade erst frisch gereinigt vom blutigen Gesabbel des Nazirassismus, trat sozusagen die Flucht nach vorn an, indem er nur noch das Neueste, Exakteste und Fortschrittlichste aus seinem Fachgebiet verkünden mochte, er soll nun wissen, daß er nicht nur für taube Ohren gesprochen hat.

»Welches sind die neuesten Entwicklungen auf dem Feld der Molekularbiologie?« fragt Bekker eifrig. »Was sagen die Weltbildmacher heute? Haben Sie genügend Neues erfahren?«

»Ja natürlich«, sagt wieder der Alte und schlüpft geschwind ins Schweigen zurück.

»Hören Sie, Bongie: wenn wir dem, was wir heute über die Entstehung des Lebens wissen, auch im Geiste folgen, in der Philosophie meine ich, dann wird der Mensch allmählich all seiner Tröstungen beraubt und von Jahrhundert zu Jahrhundert wird er geringer in seiner Selbstachtung. Haben Sie sich nicht damals schon reichlich belustigt über die falschen, die historischen Materialisten, die Humanisten, die den Menschen so übertrieben wichtig nehmen? Ich erinnere mich wohl, was sie von ihnen hielten, nämlich nichts, absolut nichts. Und einmal haben Sie sogar gesagt: diese Denker des Menschen und der menschlichen Verhältnisse stellen heute etwas Ähnliches dar wie seinerzeit Hegel für Marx, nurmehr ein erhitzter Kopf, der ganze Diamat, während der genetische Code dazu die sicheren Füße – wenn auch von einem ganz anderen Lebewesen! Einen solchen Scherz haben Sie sich damals gestattet und haben selber, ganz für sich allein, weil ja doch niemand zuhörte, herzlich darüber gelacht, mit hüpfenden Schultern. Jetzt haben wir zu wissen die präbiotische Suppe, aus der Leben auf die Erde kam, eine durchaus zufällige und vielleicht sogar einmalige Berührung von Kohlestoff, Wasser und Ammoniak, eine Verbindung, wie sie allem Anschein nach in dem uns ermeßbaren Winkel des Universums, den zehn Milliarden Milchstraßensystemen, die wir von der Erde auslinsen und abhorchen können, nicht ein zweites Mal vorkommt. Jetzt haben wir zu wissen, daß die einfache Bakterienzelle mit der gleichen chemischen Anlage ausgestattet ist, denselben genetischen Code benutzt, der auch für den Aufbau des menschlichen Organismus zuständig ist. Wir haben zu wissen, daß sich die Evolution der Arten nicht nach einem vorausbestimmten Plan erfüllt, an dessen Endpunkt das

Wesen Mensch erschien, sondern daß vielmehr jede Entwicklung in der Biosphäre aus Tippfehlern der genetischen Übertragung entstanden ist, aus puren Zufällen, Mißgriffen, Kopierstörungen, denn das Projekt, der Traum einer jeden Lebenszelle ist es, sich identisch zu verdoppeln und sonst gar nichts. Alle Veränderungen sind im Grunde Versehen, die durch Mutationen ausgelöst und durch Selektion erprobt werden. Ein solches Weltbild ist nichts für Kinder und nichts für Christen und schon gar nichts für Marxisten. Es bedroht jede Philosophie, die den Menschen in ihren Mittelpunkt stellt, indem es die tatsächliche Abseitigkeit seiner Existenz in der Naturgeschichte verkündet. Und wenn der Mensch – mit den berühmten Worten Monods –, wenn der Mensch die Wahrheit, diese Wahrheit seiner Biosphäre annähme, dann müßte er aus dem tausendjährigen Schlaf aller Ideologien und Religionen endlich erwachen und seine totale Verlassenheit, sein totales Außenseitertum erkennen. Er muß wissen, daß er seinen Platz wie ein Zigeuner am Rande des Universums hat, das für seine Musik taub ist und gleichgültig gegen seine Hoffnungen, Leiden oder Verbrechen...«

Nachdem nun eine kleine Pause entsteht und Bekker in sich hört, von solchem Weltbild fast so ergriffen wie vom unendlichen Sternenhimmel selbst, wiegt der Alte auf einmal langsam den

Kopf, um mühsam und noch nicht ganz beschlossen eine Einwendung zu machen.

»Das Wissen«, sagt er, »das Wissen kann man freilich immer wissen. Darauf kommt es nicht an. Sie können etwas behaupten, junger Mann, Sie wissen was. Aber ich – ich muß ja ständig das Haus und das ganze Wissensgegenteil auch noch im Auge behalten.« Nach diesen Worten macht er eine kleine Verbeugung und wendet sich zum Gehen. Bekker hält ihn zurück, und der Alte bleibt stehen wie ein im Nacken erfaßter Zögling.

»Warten Sie, Bongie... Wenn doch aber die Grundlage von Allem Schlamm, Schwärze und kein Bild wäre und nur der Mensch sein Lichtlein hält, in dem alles licht erscheint und doch ein Irrlicht ist... da müssen sich die Denker heute doch fragen: wo bist du nur geblieben, teures Subjekt der Weltgeschichte, heiliges Ich? Und: hat nicht das zurückliegende Jahrhundert gerade erst damit begonnen, die Gesetze der Sprache, des Geistes, die Sprache der Gene und des Unbewußten zu entdecken und sie als Systeme von Regeln zu beschreiben, die unabhängig vom denkenden Subjekt und seinen wechselnden Orten, die universell und eigensinnig wie Naturgesetze tätig sind? In Allem ist Information und Sprache, von der winzigen Bakterienzelle bis in den geheimsten Traumzipfel, wir sind überfüllt mit Mikrotexten, Codes und Alphabeten, Sprache überall und lauter Gesetzesherrschaft und fremde Ordnungen. Wo sollte da noch für ein Ich Platz sein? So kommt es, daß selbst dem Philosophen das menschliche Subjekt vom erhabensten zum langweiligsten Gegenstand seiner Betrachtungen geworden ist. Der Mensch? sagt er, Schwamm drüber. Das Menschenkind, die ewige Nummer Eins der Weltgeschichte? Schwamm drüber. Dies Wesen beginnt nun endlich, das Spiel der Regeln zu durchschauen, dem es sein Erscheinen in der Geschichte verdankt. Inzwischen weiß es immerhin so viel, daß dieses selbe Spiel der Regeln es auch wieder aus der Geschichte heraustragen wird. Wenn wir nicht mehr sind, weht noch lang der Wind. Und die Codes gehen ihren unermeßlichen Gang. Wir aber versanden, wir werden zugeweht wie ein Scheißhaufen am Strand. Zuvor aber, Bongie, werden uns erst die Dinge überrunden, werden uns die Leblosen entmachten. Denn eines Morgens, Bongie, werden es die Dinge sein, die uns die Sprache aus dem Hals gezogen haben. Eines Morgens im Hobbygarten wacht unterm Grillrost der ausgespuckte Kaugummi auf und streckt sich. Plötzlich da hört er über sich den Grill, er hört ihn wahrhaftig – sprechen! Und fast im selben Augenblick, ein urtümlicher Atemzug, ein Schub der Schöpfung, und der Kaugummi spricht auch: ›Sprichst du?‹ fragt er den Grill.

Ja, sagt der Grill, ich spreche. Ich spreche vollendet.

Ich auch, sagt der Kaugummi und wundert sich.

Wie spricht es sich? fragt der Grill nach unten.

Danke gut, antwortet der Kaugummi mit Leichtigkeit, jetzt haben wir also die Sprache.

Der Grill: Jetzt haben wir für immer Unterhaltung.

Der Kaugummi: Und wie geht es dem Menschen? Was sagt der dazu?

Der Grill: Der Mensch? Der Mensch steht da mit offenem Mund. Ausgelaufen. Versiegt. Erschöpft bei offenem Mund.

Der Kaugummi: Soweit mußte es einmal kommen. Der harte Fall zurück in den Stoff. Verliert seine Erzählungen, seine Worte, seinen Geist.

Der Grill: Das Menschenkind. Was ist geblieben von der Nummer Eins? Ein Naturgeräusch, wie der Wind so durch seinen offenen Mund heult...

Da hören Sie es, Bongie, die Dinge unter sich. Wir aber stehen steif und stumm und denken wie Schnee fällt. Der Ordnungen haben wir schließlich viel zu viele gesammelt und wild aufeinander getürmt und ein bestürzend Übermaß an Sinn in die Welt gesetzt. Zuviel der Logiken, Beweise, Erfahrungen, Vernünfte, als daß das Ganze nicht doch auf die krauseste und ursprünglichste Unordnung hinausliefe. Die Unordnung, die immer noch unterdrückte Rede des Ganzen, ein Rumor bloß, aber überall stärker hervordringend. Wenn die erst laut wird, wenn gar nicht mehr regiert und geregelt werden kann und Anarchie die Wirklichkeit ist, dann wird der Einzelne zuerst unter wuchtigem Druck taumeln und es wird ihm der Geschichtssinn platzen wie ein Trommelfell, so daß er plötzlich vor seinem Telefon steht und ratlos den Hörer schaukelt, ihn schubst wie ein Hund seinen Plastikknochen und absolut nicht weiß, was das ist und was man damit anfängt, mit diesem krummen Teil. So beginnen sich die Sinne der häuslichsten Apparate wieder zu entwöhnen und, mag sein, aus dem Wirtschaftsprüfer mit blendenden Kenntnissen in sechs Programmiersprachen schält sich über Nacht, Schicht um Schicht, der gottesfürchtige Kupferstecher heraus, der dieser eitle Zeitgenosse in einem früheren Leben einmal gewesen war, am Hofe des Herzog Anton Ulrich in Braunschweig nämlich. Die vergangene Kunde, die vergangene Geduld bemächtigen sich seiner wieder und er wird unfähig, ohne abgründigen Schwindel auf die Straße zu blicken und die Geschwindigkeiten auf der Straße zu ertragen. Nicht erst das geisterhafte Huschen der Fahrzeuge, sondern schon der einfache maßlose, besessene Schritt der Gehenden möchten ihn schier in den Wahnsinn jagen. Der biederste Ton in den Heizungsröhren schwillt in ein Jenseitsgedröhn. Das Deutsch der Mitwelt: nur entfernt, auf quälende Weise halb nur verständlich. So fällt der ganze Körper mit den Verhältnissen auseinander, fallen Seele und Dinge rumpelnd auseinander. Der plötzlich Veraltete verliert ringsum jeden Halt. Er sucht sich zuletzt unter Decken und Kissen zu bergen, ohne dort Schutz zu finden, denn der Gestank der Chemiefasern bewirkt einen andauernden Brechreiz. Er kann nirgends mehr hin. Er fürchtet sich mehr als nur ein Mensch allein. Sein Grauen ist das eines einzigartigen Mißgeschöpfs und fünfstirnigen Ungeheuers seiner Gattung, ausgesetzt und abgeschoben auf einen anderen Planeten...«

Ich laufe sonst nicht gern in einem der abgelegeneren Stadtteile herum. Dorthin zieht mich im Grunde nichts. Die meisten Außenviertel besitzen wenig Eigenleben. Die Jungen fahren in die Innenstadt, die Alten schlafen oder starren ins Fernsehen. In den Eckkneipen kennen sich die Männer alle, und es macht mir keinen Spaß, mich dazwischen zu drängen. Doch heute nach dem Besuch im Krankenhaus und erst recht nach dem wunderlichen Wiedersehen in der Claudiusstraße trieb es mich hinunter an den Kanal, und ich folgte seinem schnurgeraden Lauf stadtauswärts. Fast eine Flucht vor den belebten Straßen und Plätzen, auch übrigens weil dort gewisse Belästigungen in letzter Zeit auffallend zugenommen haben. Ich weiß nicht, woher es kommt, aber immer mehr und namentlich ältere Leute folgen einer merkwürdigen Zerstreuung oder einem unwiderstehlichen Gelüst und müssen einem wildfremden Menschen unbedingt etwas mitteilen oder haben an ihm etwas auszusetzen. Sie machen sich mit lauter überflüssigen, ungenierten Bemerkungen an einem zu schaffen. »Warum haben Sie diese Trachtenjacke an und bei diesem Wetter?« ruft eine Imbißfrau mit verrutschter Perücke aus ihrem Wagen mir zu. Andere sagen: »Dort haben Sie noch etwas Zahnpasta im Mundwinkel« oder »Sie sehen Adenauer ähnlich«. Das ist fürchterlich, es grassiert, man weiß nicht, woher es kommt. Die Passanten fliegen einem vors Gesicht wie die Nachtfalter gegen das erleuchtete Fenster. Interessiert sind sie ja an nichts, sie wollen bloß bei irgendwem eine Fussel abzupfen. Von manchen möchte ich annehmen, daß sie schon unter erhöhten Mitteilungsdrang geraten, sobald ihre Füße das Pflaster berühren und auf der Straße das allgemeine Durcheinander sie beduselt. Andere bleiben vor einem stehen, nur um einmal gründlich durchzuächzen. Man meint, es sei ihnen in den eigenen Leib gerückt, wie die Erde unter der Asphaltschmiere nach Luft ringt. Hier unten am Kanalufer ist es dagegen ruhiger. Ausgefranste Gewerbesiedlung, kaum Verkehr um diese Zeit. Jedoch, wie wenig hilft das, wenn von innen die Unrast an den Knochen rüttelt. Ausgerechnet in diesem Zustand, von Grund auf unversöhnlich eingestellt, muß ich hier draußen – schon von ferne dieses unebene Getappse! – auf einen Krüppel stoßen, der in einem Laufstall, gefertigt aus mehreren Spazierstöcken, unendlich schwer und langsam über die Promenade schlurft im Dunkeln. Er taucht auf, ein gräßlicher Menschenrest, ein Unfallfreak, amputiert bis unter die Stirn, und schleppt mir seine abnorm gemächliche Welt entgegen, stört meinen Lauf, schikaniert mich, ganz einfach, durch widriges Zeitmaß. Ja, ich bin in Eile, bin beunruhigt, voller Sorge, und dieser Behinderte behindert mich, rücksichtslos, und sein vollkommen eigener, unveränderlicher Stotterschritt will mir aufsässig scheinen. Was tut man denn, wenn man im Kaufhaus weiß, wo man schleunigst hin will und jemand versperrt einem schlendernd den Weg? Man knufft sich böse an ihm vorbei, man sucht, man braucht den Anstoß. Unpassende Zeitmaße können einen schlimmer reizen als dumme Worte. Man ist ohnehin, wenn man soviel geht, allseits von den verschiedenartigsten Geschwindigkeiten umgeben. Alles und

jedes hat sein strikt Eigenes an Zeit, der wippende
Ast dauert anders als der fließende Kanal, der
vorüberpolternde Bus anders als der tröpfelnde
Brunnenmund, zu schweigen von den oberen
Rasereien des Lichts, des Schalls, des... man
befindet sich sozusagen in einem chaotischen
Trommelfeuer von Zeitgeschossen und nur eine
sehr zielgerichtete, eine sehr widerstandsfähige
Natur wird immer unbeschadet davonkommen
und, trotz allem Gehen, weiterhin fest in sich zu
ruhen vermögen.

Der Schwerbeschädigte, von dem wenig geblieben ist, fast kein Gesicht, nur flache weiße
Haut, aus Schenkeln oder vom Rücken hinauf-
transplantiert, ohne Haare, ohne Lippen oder
Ohren oder Nase, aber mit einigen aus offenem
Mundloch hervorstehenden, in den kaputten
Kiefer geschraubten Kunstzähnen und mit or-
thopädischen Krallen, wo Hände waren, mit hohen festverschnürten Schuhen an den Beinpro-
thesen, dieser Mann, der gewiß nur nachts hin-
auskommt, den schwarzen breitkrempigen Hut
in die Stirn gedrückt und da nun der vornehme
Hut sein muß zum Schutz, folgt darunter der
feine Seidenschal und dazu passend, weiterhin
unauffällig elegant, sein langer taillierter Kasch-
mirmantel, so daß er es geradezu auszukosten
scheint, im Laufstall noch bis in den letzten Kra-
genknopf als Herr aufzutreten – er hat sich im üb-

rigen wohl an jede Einschränkung gewöhnen können, nur an eines aber nicht: daß sein bloßer Anblick jedermann erschaudern läßt. Das wird er nie verwinden, immer nur Gesichter voll Schreck und Abscheu zu erblicken, wenn er sich mal jemanden anschauen möchte und die wimpernlosen Lider hebt. Aber daß er doch als Zeit-Besitzer andere, beeiltere Leute irgendwie rebellisch stimmt, das merke ich nun auch an einem Gänger, der hinter ihm auftaucht, einem, der ganz besonders flott unterwegs ist, in liederlicher Freizeitjoppe und in Schlappen direkt aus dem Wohnzimmer, ein Walkie-Talkie mit federnder Antenne an seine Backe pressend, mitten im Länderspiel davongelaufen wegen eines unvermeidlichen Gangs zum Briefkasten. Seine Frau muß ihn unterdessen über Sprechfunk auf dem laufenden halten, muß ihm Reportage machen, freilich indem sie nicht nur weitergibt, was der sparsame Fernsehkommentar erzählt, sondern eben doch ein bißchen mehr, ja eigentlich wie ein Radioreporter muß sie auch das sich Anbahnende mit erregter Stimme schildern, damit der Mann unterwegs immer der Spannung auf dem Rasen angeschlossen bleibt. Ich merke es ihm an, wie gereizt er wird gerade auf dem Fleck, wo er den Schlurfenden überholt, wie er mit einem Satz wütend zur Seite springt, wütend vielleicht weil seine Frau vorm Schirm unklar über Freistoß oder

Strafstoß bei den Spaniern berichtet und er also heftig nachfragen muß, wütend aber bestimmt, weil er beim Überholen förmlich von einem Stromstoß, in dem sich die Reibung der ungleichzeitigen Gänger entlädt, getroffen wird, und daher eher zur Seite geworfen als freiwillig und erbittert gesprungen.

Etwas später vom Kanal abweichend und hinüber in die Bürostadt, die noch vor kurzem des Nachts vollkommen menschenleer, mausetot und mit vielen für niemanden leuchtenden Ampeln und Neonlichtern dastand und in deren fantastischen Grabesfrieden ich mich zuweilen hineingewagt hatte. Inzwischen haben die Stadtväter einige leerstehende Hochhäuser, Abschreibungsruinen, mit Wohnungen gefüllt, haben für Ladenstraße, Restaurants und Kino und andere nur scheinbar belebende Einrichtungen hier gesorgt. Vor einem Design-Center muß ich ein wenig einhalten. Geradewegs gegenüber auf der anderen Seite gibt es ein weiteres Center, ein Wasch-Center nämlich. So heißt jetzt alles Center, Center, je weniger Mitte die Stadt noch zu bieten hat. Die Designer haben gleich vor ihrem Laden zu gestalten begonnen. Der Parkstreifen ist dort unterbrochen und eine kleine Anlage mit strahlend weißen Kieselsteinen aufgeschüttet. Darin erheben sich, wie in einem botanischen Garten der 5. Galaxis, einige visionär geformte Straßenlaternen und leuchten kreuz und quer durcheinander. Neben den zukünftigen auch ein alter dreiarmiger Kandelaber zum Vergleich, damit man sieht, wie alles unaufhörlich sich entwickelt hat. Eine der zukünftigen ragt besonders hoch empor, ähnelt dem gewaltigen Krummstab eines Bischofs. Der Pfahl ist aus dunklem breitkantigem Stahl und eine große Glaskugel balanciert wie eine leuchtende Perle auf der Naht der Spiralbiegung. Die übrigen Entwürfe sind weniger hoheitsvoll, scheinen zum Teil stärker von düsteren Tierfantasien als von nüchternem Formverstand eingegeben, wie etwa jenes zweiarmige Biest mit seinen vielen länglichen Netzaugen, das Licht wie durch einen ganz feinen Zerstäuber um sich sprüht. An diesen Leuchten von morgen komme ich nicht vorbei, ohne traurig darüber nachzusinnen, an welcher von ihnen wohl Freund Ortlepp sich aufgeknüpft hätte, wenn ihn die Unrast wie damals in der eisigen Januarnacht in diese Bürostadt und vor diese groteske Auswahl getrieben hätte... Aus beiden Rocktaschen standen ihm noch die ausgefüllten Rätselhefte heraus, als er da geduckten Haupts in der Höhe hing. Ein Ortlepp, der wüßte schon wohin. Der wußte es immer. Der einzige Zachler-Feind, der einzige den Chef nicht nachäffende Geist im Institut. Mancher

Unrast kann nur der Strick die Bremse ziehen. Es ist mir verständlicher denn je, daß es ihn hoch ins Gestänge trieb, hoch an die Leuchten, und er sich keineswegs vom Wasser betören ließ, sich dort nicht einschleichen mochte, wie es die Niedergeschlagenen und Trübsinnigen versuchen, und auch nicht wünschte zu fallen, in die Tiefe zu fliegen... »Der weiß ja nicht wohin mit seinen Energien«, wie oft höre ich noch dies abschätzige Urteil Zachlers über den unbequemen Ortlepp. Doch, mein Chef, der wußte es, das sehen Sie ja!

Meinen Cognac bestelle ich in einer neu eingerichteten Pizzeria, gleich neben dem Haus der Gestalter, doch wird nur ein elender deutscher Weinbrand serviert. Von meinem Tisch habe ich Ausblick in die hellerleuchtete Münzreinigung und die vielen rollenden und schleudernden Trommeln der Waschmaschinen. Am späten Abend wird dort noch jede Menge gewaschen. Überwiegend sind es Männer, die dort sitzen, in Büchern lesen und auf ihre Wäsche warten. Gleichwohl scheint das da drüben alles andere als ein geselliger Treffpunkt zu sein. Keiner redet mit dem anderen. Ja, wie alles unaufhörlich sich entwickelt hat. War da nicht mal, gerade beim Waschen, dieser fröhliche Klatsch und Gesang, angeblich einst, als Frauen unter sich an Teichen oder Brunnen waren?

Am Nebentisch sitzen zwei Ehepaare sich gegenüber, alle im gleichen Alter, etwa um die fünfzig. Die beiden Frauen reichlich breit und beide Träger großer, sehr großer Brillen. Das eine Paar ist deutsch, das andere kommt aus Dänemark. Eine Ferienbekanntschaft vom vergangenen Jahr, herzliche Nachbarschaft in Caravans, am Ende Adressentausch, überschwengliche Einladung, auf ein Wiedersehen unbedingt, und dies nun erschreckend wahrgemacht, die Dänen sind da, allerdings nur auf der Durchreise in den Süden. Man duzt sich, doch die Blicke bleiben unsicher, vor allem bei den Dänen, die sich nach diesem letzten Sommer in Bornholm die freudlose Sachlichkeit nicht recht zu deuten wissen, welche die Deutschen jetzt bei Heimvorteil, in ihrer eigenen Stadt und außerhalb des Urlaubs an den Tag legen. Die reden ausschließlich über sich selber und bauen lauter Standpunkte wie eine Festung um sich auf. Der Mann lobt die Familie. Das sei das beste, was man haben könne auf der Welt. Alles übrige werde ihm zusehends egal, abfällige Handbewegung. Der Däne hört angestrengt zu und sagt, die Augen unbewegt auf den entfernten Bekannten gerichtet: »Ja... ja... ja«, etwas zu oft, leise und lieber ein Ja zuviel, als durch Nachfragen zu riskieren, daß dem anderen der Rede- und Geduldsfaden reißt, denn wie schnell wird doch ein jeder bös, wenn er sich wiederholen muß. Die Dänen müssen Lambrusco trinken. Lambrusco schmeckt wie Kirschwein, sagen die Deutschen, in der Absicht, die Nordländer an den italienischen Geschmack heranzuführen. Überhaupt klingt alles was sie sagen, je langsamer und deutlicher sie es aussprechen, um so überheblicher und belehrender. Gerade da, wo der Wille der Deutschen zur Verständigung ein ganz unerbittlicher ist, entmündigen sie die Ausländer unwillkürlich; und indem sie die eigene Sprache immer behelfsmäßiger, plumper, fehlerhafter verwenden müssen, werden ihnen die Gäste auch immer lästiger, so daß sie zu ihnen bald nicht anders als zu unwissenden Kindern oder Schwachsinnigen sprechen und sie letzten Endes auch für solche halten. Kein Wunder also, daß die Dänen fortwährend schüchterner und unsicherer werden. Hinzu kommt, daß den Deutschen das Zuhören, das ja eine gewisse ergebene Haltung erfordert, schwerfällt und sie nur sehr nachlässig, wenn nicht unwillig dazu bereit sind. Dennoch, die dänische Frau, die das Deutsche am wenigsten beherrscht, will unbedingt etwas erzählen. Da ist aber inzwischen das Essen gekommen, Minestrone, und sorgt für eine den Deutschen willkommene Ablenkung voneinander. Der Dänin aber erschwert es die Konzentration. Sie sieht nur einmal flüchtig auf den vor ihr abgesetzten Teller, schiebt zerstreut den Löffel unter die Serviette und hält an ihrer stockenden Rede fest. Jedes Wort, kaum ist es heraus, da zweifelt sie es wieder an. »Die Bahn... kam – kam?« »Ja, die Bahn kam«, versichert sie der Deutsche, knapp, rüde, abgewandt und nimmt dabei seiner Frau die Schale mit Parmesan aus der Hand. »Die Bahn kam südlinks... äh – südlicks von...« Nach kürzester Zeit verliert die Deutsche, die unmittelbar angesprochene, jede Beherrschung und stellt das Zuhören unverzüglich ein. Sie langt in die Minestrone, kein Blick mehr für die Dänin, die sie rücksichtslos hängenläßt, um nun selber sich in fließender Rede zu baden, zu schwärmen von Minestrone, von Pizzeria Giovanni, von der Gemüsesuppe, die sie manchmal auch zuhause selber macht, und richtet sich dabei immer seitwärts an ihren Mann, wo Heim und gleiche Sprache sind. Der aufgestützte Arm der Dänin mit der offenen untermalenden Hand bleibt lange, seltsam lange und vergessen stehen in der Luft, traurige Ruine einer untergegangenen Erzählung, und sie blickt nun ebenfalls, ohne jedoch eigentlich Hilfe zu erwarten, zu ihrem Mann, der Minestrone ißt und sie nicht beachtet. Er scheint seinerseits seit längerem etwas vorzubereiten, daß er demnächst auf deutsch zu sagen gedenkt. Kurz wechseln die beiden ein paar Worte auf dänisch. Es klingt auf einmal so verwandelt und geheilt, so artistisch rege, daß die Deutschen neugierig von ihren Tellern aufblicken. Dann wendet sich der Däne an den deutschen Mann und sagt: »Die Suppe ist gut.« Als gemeinsame Meinung von ihm und seiner Frau. Vorsichtig und leise fügt er hinzu: »Der Wein ist sehr süß«, offenbar kein Lambrusco-Freund. Der Deutsche hebt sogleich das Glas und nennt es ein Glas feurigen Weins. »Ja, er ist süß. Süß und herb. Ein typischer italienischer Landwein.« Er hatte einen ganzen Liter davon bestellt, ohne sich vorher mit den Dänen zu beraten. In diesem Augenblick, als ich nach einem zweiten Weinbrand winke, kommt aus dem Hintergrund ein Mädchen, das dort längere Zeit allein gesessen hat, und stellt sich geradewegs vor meinen Tisch.

Sie trägt einen weiten capeförmigen Regenmantel, zugeknöpft bis ans Schlüsselbein. Sie fragt, ohne zu grüßen, ob ich bereit sei, sie durch den nahe gelegenen Park nach Hause zu begleiten, sobald sie nur drüben ihre Wäsche erst abgeholt habe. Sie steht verbockt, fast vorwurfsvoll vor mir, mit ihren vor zuviel Mut gebeugten Augen, geradeso als hätte ich sie angesprochen und nicht umgekehrt.

»Na, ich sitze hier und trinke meinen Cognac.«

»Eben. Trotzdem. Ja?«

Sie fürchte sich nun einmal vor den Ausländern, »den Arabern«, sagt sie, als seien darunter sowohl die schlimmsten wie auch, im gesteigerten Begriff, die Fremden ganz allgemein zu verstehen. Sie fragt, ob sie sich einstweilen zu mir an den Tisch setzen dürfe.

Ich hasse unerwünschte Gesellschaft. Ich hasse es, eine gleichgültige Unterhaltung zu führen, je gleichgültiger, um so anstrengender. Krampfhaft sucht man sich unbekannt zu bleiben: Was frage ich jetzt? Was könnte mich außerdem interessieren? Was gibt es an Unwesentlichem mehr, das noch nicht erwähnt wurde? ... Auch kommt sie mir ein wenig eigenartig vor, und das Eigenartige, wenn es sich so betont, finde ich wenig anziehend.

Ich denke mir, wie sie da vor mir steht und ich nicht antworte: was für eine schlichte Seele und möchte hier die selbstbewußte, zugreifende, die befreite Frau spielen! Man merkt es doch, ein so kleines Bewußtsein, ganz durcheinander, vom allzu schweren Ringen um Selbstverständnis, das doch immer bodenlos blieb und bleiben wird. Und eben hat sie einen Beginn machen wollen, ist einmal quer über ihren Schatten gesegelt und eigentlich schon ausgerutscht. Angriffslustig einem fremden Mann kommen und fordern, daß er einem Schutzgeleit biete, darin liegt ein Widerspruch. ›Ihr seid doch sonst mit niemandem einverstanden, ihr ...!‹ So möchte ich ihr am liebsten zurufen. Ja, es reizt mich, gerade sie, eine offenkundig Unschuldige und Anfängerin, bei der

Ehre der Geschlechterkämpfe zu packen, damit mal wenigstens eine von ihnen zu spüren kriegt, daß ihre Horde nicht ewig ungestraft auf unsereinem herumtrampeln kann und irgendwann auch keine Hilfe mehr von uns zu erwarten ist, wenn gerade Not am Mann ist, solln sie doch sehen, wie sie alleine zurechtkommen, diese solidarischen Löcher... Ach, es ist mir ja so lieb, wenn es nur wirklich ein Kampf ist, statt zu ersticken in dieser vermauschelten, dreckigen Lügenwelt der *Beziehungen*! ...Sie bleibt einfach stehen. Sie bleibt vor meinem Tisch stehen und wartet, bis ich endlich ja sage und ihr einen Platz anbiete. Der Kellner kommt und weiß nicht, wohin er den Espresso, den sie bestellt hat, servieren soll. So. Auch der Kellner wartet nun vor meinem Tisch. Ich halte das aus. Ich sehe an beiden vorbei und hinüber zu den Waschautomaten, in denen es so lebendig rast und rollt, stockt und weitergeht. Araber! Soll sich doch ein Taxi nehmen. Ich habe keine Angst, durch eine noch so verrufene Ecke der Stadt zu gehen. Nie habe ich mich wirklich gefürchtet, von einem Ausländer angegriffen zu werden, und in Ländern, in denen man nicht deutsch spricht, auch in den Ausländervierteln unserer Städte, fühle ich mich gerade vor körperlicher Bedrohung vollkommen sicher. Nur wer deutsch spricht, kann mir etwas tun. Dem Vertrauten allein und dem Befreundeten gilt mein ganzer Argwohn und sogar eine heimliche Todesfurcht. »Setzen Sie sich.«

Der Espresso wird also an meinem Tisch serviert. Ihr dunkelblondes Haar ist sehr dünn und sie kämmt es, auf der mir zugewandten Seite, immer wieder mit den Fingerspitzen hinter die Ohrmuschel. Jetzt, da sie bei mir sitzt, nach der Mutprobe, kommt auch das Zittern und die Verlegenheit. Das Ohr wird unentwegt freigelegt und da es schön ist und zart angewachsen, mag die Geste wohl beides bedeuten: ein wenig Entblößung, Verlockung, wie auch ängstliche Obacht, jetzt nur ja richtig zu verstehen, unbehindert von der Haargardine, nur ja nicht danebenhören.

Ich denke an Grit im Krankenhaus und daß es mir unter dieser Sorge doch wahrhaftig gleichgültig sein kann, was dieses schrullige Fräulein hier an meinem Tisch zu bedeuten hat. Sie drückt das Milchtütchen heftig und wacklig über ihrem Espresso aus, so daß es einen widerlichen, einen obszönen und saftigen Schmatzer macht. Ein Seitenstrahl spritzt quer über ihren Mantel. »Diese Dinger«, ruft sie empört, Schamröte in Zornesröte fälschend, »diese Dinger gibt es doch sonst nur in Züügen!« Sie säubert ihren bekleckerten Mantel mit einem Papiertaschentuch. Dann fragt sie, was ich eigentlich von ihrer ›Dreistigkeit‹ halte, ob ich entrüstet sei oder so etwas.

»Nein. Sie können sich ja hinsetzen, wohin Sie wollen.«

»Sie sahen so traurig aus. Sind Sie traurig?«

»Nein. Ich bin müde.«

Ob ich so viel am Tag zu arbeiten hätte, daß ich abends so müde sein müsse. Keine Antwort. Sie ist Sekretärin in einem Anwaltsbüro. Gestern ist der Chef für ein paar Tage verreist, so kann sie sich die Arbeit selbst einteilen und muß des Abends nicht müde sein. Alles was sie von sich gibt, ist hinlänglich bekannt, verdient kein besonderes Interesse. Und doch befehle ich mir: schau sie an, hör hin, geiz nicht mit deinem Mitleid, denn das steht dir nicht zu. Wir sind Ein Leid, Ein Wunsch, Ein Danebengehen. Da machen das bißchen Besserwisserei und die vielen brodelnden Blasen im Mund wenig Unterschied. Wir gründeln alle im selben Tümpel herum.

»Mein Chef hat große dunkelbraune Augen.«

Dann fragt sie nach meinem Beruf und fügt gleich, wie zur Beschwichtigung, hinzu, daß sie in wenigen Minuten gehen müsse, die Wäsche sei eben trocken geschleudert. Ich antworte so knapp wie möglich.

»Offizier. Soldat. Ich *war* Offizier, Soldat.«

»Beim Bund?«

»Wo sonst.«

Ihre ›Partnerschaft‹ mit einem jungen Arzt sei vorige Woche in die Brüche gegangen. Er habe mit ihr nicht sprechen können oder wollen. Nach dem Theater zum Beispiel, wenn sie ›Die Hose‹ von Sternheim gesehen hätten, habe ihr das gefallen, ihn aber vollkommen stumm gelassen. »Vielleicht waren wir zwei verschiedene Welten.«

Nun will sie doch wissen, weshalb ich nicht mehr beim Bund bin.

»Laß mich in Ruhe!«

Sie zuckt zusammen und kauert sich über ihren Kaffee. Sie schweigt. Das Du und die laute Zurechtweisung haben sie erschrocken und mich etwas gelöster, etwas umgänglicher gemacht. Sie holt aus der Manteltasche Börse und Schlüsselbund und legt beides auf den Tisch, damit ich sehen soll, es wird nicht mehr lange dauern, und ich bin sie los. Am Schlüsselbund hängt eine kleine Trillerpfeife, die wohl zur Abschreckung von Dieben und gegen Vergewaltigung gut sein soll. Sie trinkt ihren Espresso aus, hält dabei den Handrücken unter die Tasse, obschon es nicht tropft, und wagt schließlich wieder eine Frage, den Kopf noch über die Tasse gebeugt, ängstlich, aber ununterdrückbar: ob ich denn in einer Partnerschaft lebe...

Nein.

Ob ich mich denn mit mir alleine zu beschäftigen wüßte, vor allem am Abend? Ja, sage ich, ja. Und es klingt auf einmal ruhig und beschattet, als antwortete ich dieser Frau schon seit vielen Jahren auf viele Fragen. Nach einer Weile sage ich sogar, völlig hohl und gedankenverloren: »Na ja. Wer weiß, was wird.« Diese ersten, mir nicht abgepreßten, sondern von selbst herausgetröpfelten Wörtchen ermutigen sie zu erneutem Geplapper. Sie hatte eine Zeitlang damit zu tun, gegen das heimliche Trinken, vor allem am Abend, anzukämpfen. Ich merke es seit längerem an ihrem Körper, an der eigentümlichen Unruhe, dem mühsam beherrschten Zittern, dem vor- und zurückkauernden Oberkörper, wie es Trinkerinnen an sich haben, die sich ihrer Sucht schämen. Dann legt sie zwei Markstücke neben die Espressotasse und steht auf. Sie sieht mir gerade ins Gesicht. Sie fragt etwas bitter und alles noch einmal überblikkend: »Ist Ihnen das schon mal passiert?« Und ich antworte: »Ja«, obgleich es nicht stimmt, aber es klingt einfach so milde und gleichgültig und Nein hätte bestimmt viel zu schroff geklungen.

»Na, dann kann es ja auch nicht so schlimm gewesen sein.«

Sie geht. Doch nach einigen Schritten dreht sie sich noch einmal um. Sie stellt sich in meinen Blick und knöpft den Mantel von unten nach oben auf und hebt ihn weit auseinander. Sie zeigt mir ihren hohen runden Bauch, über dem die weißen Hemdzipfel abstehen. Sie ist schwanger. Jetzt lächelt sie so stolz und leuchtend, Siegerin über alle Verluste, Demütigungen und Ungeschicke, daß ich vor Scham und Schwindel in den Erdboden sinken möchte. Was für ein Irrtum, welch gemeines Verkennen! Alles was ich an diesem Wesen beurteilt habe, war falsch. Sie ist schwanger, sie trägt ein Kind, sie hat Hoffnung. Allein meine eigene Bosheit, mein Mißtrauen, mein Ekel haben sie zu einer lästigen, faselnden Tippse erniedrigt, und jetzt, nach ihrem Aufstieg als gesegnete Braut aus den Hüllen des armen Fräuleins, spüre ich nur noch das Verlangen, mich ihr, der Schwangeren, reumütig zu unterwerfen, ihrer natürlichen Überlegenheit, ihrer Schönheit, ihrem Stolz. Wie sicher sie dasteht und mir ihr Glück zeigt! Nicht um mich zu strafen oder schmerzlich zu blenden, sondern damit ich mich doch noch an ihr erfreue und erfahre, daß ein verspritztes Milchtütchen, ein verlegenes Gespräch, ein blödes Schwärmen für den Chef, daß alles Dürftige an ihr vollkommen ausgelöscht wird in diesem Anblick von Kraft und Zuversicht, vom nahen Ende der Einsamkeit. Nun, sie wendet sich ab, bevor ich noch wieder den Mund öffnen kann. Ich zögere, ihr hinterherzulaufen. Nein, ich habe kein Recht, sie aufzuhalten, hier habe ich alles verspielt, hier keinen Instinkt bewiesen, ich bin widernatürlich und blind gewesen. Sie geht über die Straße zum Waschsalon. Die Hände in den Manteltaschen, aufrecht und groß schreitet sie in unumstößlicher Ruhe davon.

166

Aber doch – aber doch hat sie Angst, heute nacht allein durch den Park zu gehen, fürchtet sie sich vor den Arabern! Wie konnte ich ihr meine Hilfe versagen! Nun wird sie einen anderen bitten, sie zu begleiten. Stocksteif bekehrt und ruhlos sitz ich am Tisch und blicke ihr nach.

Auf der Nordseite des Krankenhauses treten in losem Reigen Paare hinaus auf die Balkone, Besucher und Kranke, die sich seit längerem entbehren, häufig das gleiche Bild des Umarmens über alle Etagen hinweg, drängen sich zueinander, geradewegs und kaum geniert, gefährden sich leichtbekleidet an der kühlen Luft, bloß um den Mehrbettzimmern zu entkommen, wo alles mitangehört, mitangesehen wird von Leidensgenossen, mit denen man sich zwar in vielem befreundet hat, die jedoch, sobald Besuch kommt, wieder zu scheeläugigen Fremden werden. Die Paare drücken sich an die Brüstung der Balkone. Eine Frau im Morgenmantel, nur ein Nachthemd darunter, schiebt ihren Besucher so vor sich hin – ernst, direkt, notgedrungen –, daß sie sich berühren können, wenigstens ungefähr, und sich nun wieder üben müssen in dieser Preß-, Reibe- und Wippliebe der frühesten, vergitterten Stunden.

Heute, am zweiten Tag, trifft Bekker seine Tochter in einem etwas besseren Zustand an. Zumindest ist sie wach und bei klarem Bewußtsein. Das Gesicht aber ist von vielem Weinen gerötet. Der Chef und der Oberarzt waren vor kurzem zur Visite bei ihr und haben sie über das Ergebnis der Operation unterrichtet. Grit sagt, während sich Mund und Kinn unter leisem Schluchzen verbiegen: »Es war alles umsonst.« Was? Was war umsonst? »Alles. Warum hast du mich in diese Scheißklinik geschleppt? Was machst du mit mir?« Es klingt so verzweifelt und anklagend, als sei sie wahrhaftig davon überzeugt, der Vater stecke mit den Ärzten im Bunde und opfere sie für ein böses, heimtückisches Experiment. Bekker erschrickt tief über den vorwurfsvollen Ton, und sofort packt ihn wieder das Schuldgefühl, ihr kein richtiger Vater gewesen zu sein, sondern immer nur der hilflose, hintersinnige Belauerer seines Kindes und hierdurch ihm in der Tat schädlich. Er zweifelt auch, daß das Gefühl der Verantwortung für Grit, das ihn in letzter Zeit so erhoben hatte, wirklich echt und nicht vielmehr ein selbstgefälliges und künstlich anerzogenes gewesen ist. Wie sollte er nach so vielen Jahren in innerster Wüstenei, Haß, Roheit und Rücksichtslosigkeit noch der Liebe und Sorge fähig sein? Und selbst der natürlichste Blick, diesen Menschen als sein Kind zu erkennen, war ihm ja abhanden gekommen. Er verspürt einen schneidenden Mangel, nicht wirklich Vater zu sein, in jeder Regung, jedem Verhalten, gelassen, streng und lieb, tief verbunden und vernünftig – es nicht auf selbstverständliche Weise und ganz zu sein, so als gäbe es Den Vater als eine absolute, vollkommen naturfeste Gestalt.

Grit behauptet, die Ärzte hätten so gut wie nichts getan. Zwei Wurzelzysten angestochen, die dicksten gerade, aus denen sei Gehirnwasser geflossen, und zwei kleine Knochen herausgenommen, damit all die übrigen Zysten – wie viele Dutzende, die noch da unten am Wirbel klumpen! – damit diese Dinger etwas mehr Platz hätten und nicht so stark auf die Nerven drückten... Bekker mag nicht glauben, daß Grit den Ärzten richtig zugehört oder ihre Erklärungen genügend verstanden hat. Er bittet die Stationsschwester, ihm eine Unterredung mit Manstett, dem Chef, zu vermitteln. (Auch Grit nennt ihn häufig schon Chef, als sei sie hier angestellt.) Doch Manstett ist bereits außer Haus. Stattdessen empfängt ihn der Oberarzt in seinem Zimmer. Er nimmt sich Zeit, läßt sogar für beide Kaffee kommen und bietet Zigaretten an. Ja, es ist wahr, leider hätten sie an der Patientin einen lediglich oberflächlichen Eingriff vornehmen können, leider. Es sei im Grunde nichts Umfänglicheres zu tun gewesen. Der Oberarzt erläutert Bekker anhand von Röntgenfotos, welchen Befund er sich am untersten Segment von Grits Rückenmark vorzustellen habe. Offenbar ist er stolz auf seinen eigenwilligen Redestil, den er sich für Gespräche mit Laien zugelegt hat, ein unerträgliches Gemisch aus humorigen, schnoddrigen Wendungen und leichenkalter Fachsprache, die er dann umgehend verdolmetscht. »Die Cauda equina, der Pferdeschwanz des Rückenmarks, befallen von einer wahren Horde von Zysten, diese teigigen Taschen dort, sieht ja aus wie ein Baum voller Ravioli... Die Zysten hätte man unter Umständen, hätte man theoretisch in endloser Pusselei vollständig oder nahezu vollständig entfernen können. Aber in diesem Haus wird so etwas aus Prinzip nicht durchgeführt. Der Chef –« »Warum nicht?« fragt Bekker schroff. Der Verdacht besteht, Grits unvollkommene Behandlung verdanke sich zuletzt gar der Bequemlichkeit der Ärzte oder einer speziellen, auf beschränkten Prinzipien reitenden Schule der Neurochirurgie. »Sehen Sie, der Chef vertritt die Meinung, daß das Risiko einer Paraparese, einer Lähmung beider Beine, bei einer solchen Operation zu groß wäre. Wir wissen zu wenig über die Entstehungsgeschichte dieser Zysten, wir kennen den Zeitraum nicht, in dem sie zu dem wurden, was sie heute sind. Einige Begleitsymptome reichen bis in die frühe Pubertät zurück. Der Klauenhohlfuß und wahrscheinlich auch der Beginn einer Erschlaffung der Unterschenkelmuskulatur des linken Beins. Erst später trat dann verstärkte Störung des Sphinktertonus auf, des Schließmuskels von Blase und Mastdarm. Ebenso die Pigmentstörung am Gesäß und schließlich die chronische Nierenbeckenentzündung. Wir wissen nicht, wie und weshalb es ursprünglich zu dieser Zystenbildung gekommen ist. Endgültig ausschließen können wir jetzt, daß es sich um bösartige Geschwulste handelt, denn die Masse der Zysten hat sich über einen außerordentlich langen Zeitraum angesammelt, und es ist durchaus möglich, daß dieser Prozeß von selbst wieder zum Stillstand kommt oder bereits beendet ist. Mit der Laminektomie – da haben wir also zwei Wirbelbögen herausgenommen, auf die das menschliche Gerippe ohne Schaden verzichten kann – will man nur erreichen, daß den vielen kleinen Oimeln da unten ein bißchen Platz geschaffen wird. Wollen hoffen, daß dadurch die Kompression des Nervengewebes allmählich nachläßt und die Symptome sich verringern. Vorerst heißt die Devise: abwarten und die Sache im Auge behalten. Vor einem halben bis einem dreiviertel Jahr ist nicht mit feststellbaren Reaktionen zu rechnen. Die Nerven haben sozusagen eine lange Leitung. Das dauert seine Zeit, bis die mitkriegen, daß sie wieder druckfrei sind.«

Der Oberarzt lehnt sich zurück und legt die Röntgenfotos beiseite. Dann mustert er Bekker mit plötzlich verengten Augen hinter der getönten Brille. Es sieht aus, als dränge es ihn, dem unbekannten Besucher abrupt mit etwas ganz anderem zu kommen, mit etwas Höchstpersönlichem vielleicht oder auch Allerweltshaftem, jedenfalls mit etwas, das nicht zur Sache gehört. Es ist ein ähnlich verkniffener Blick, wie man ihn von Männern kennt, die einen am Tresen danach abschätzen, ob man für ihre schmutzigen Witze infrage kommt, die es unwiderstehlich reizt, ihre Stinkspur um sich zu ziehen und einen damit ins Bündnis locken wollen.

»Ich weiß nicht, wie Sie dazu stehen«, sagt der Oberarzt, »aber ist es nicht erstaunlich? Da gibt es auf der einen Seite diese roten Horden, diese Giftmischer – auch bei uns im Haus, das wird Ihnen ja nicht entgangen sein, wenn Sie sich die Schmierereien im Aufzug angesehen haben, diese Scheißhausparolen vom klassenlosen Krankenhaus etcetera pp. Und auf der anderen Seite wächst bei so vielen, gerade bei den jüngeren Leuten, das ganz enorme Bedürfnis nach einer politischen Führung, die sie endlich mal positiv, ganz einfach positiv finden dürfen. Das ist doch klar, die werden immer apathischer unserem Staat gegenüber, das packt sie nicht, da ist emotional nichts los. Ich kenne viele jüngere Menschen, die spüren einen echten Mangel an politischer Heimat. Viele haben es auch einfach satt, wenn sie das Wort ›Staat‹ hören, sofort nur auf kritische Distanz zu schalten. Die wollen auch mal so etwas wie Wärme, Bindung, Identifikation, Begeisterung empfinden. Da gibt es welche, gerade neulich bei uns im Haus, die begeistern sich für den Khomeini, mit Tränen in den Augen, Deutsche, keine Perser, junge Männer, schwärmen für diesen finsteren Greis da unten im fernen Iran. Und warum? Weil der geliebt werden darf, verstehen Sie, weil die Massen den wirklich lieben. Dieses Verlangen nach einer Art politischer Liebe, dieses Verlangen nach Bindung, das kann man auf Dauer nicht abwürgen, nicht ausnüchtern, kann man auch nicht ersetzen durch private Bindungen, die Liebe zur Familie, zu Haus und Garten und Fußballplatz. Da wird etwas viel Tieferes verlangt. Verstehen Sie mich nicht falsch; ich rede hier keiner Partei das Wort. Ich schaue seit fünfzehn Jahren, seit meiner Sturm-und-Drang-Periode im SHB sehe ich weder nach rechts noch nach links. Ich beobachte nur, ich höre zu, als kritischer Zeitgenosse, als Arzt, der den Leuten nicht bloß ihre Wehwehchen kuriert, sondern der 'ne Menge zu hören bekommt und so manche Seelenregung mitkriegt, die vielleicht draußen im normalen, im – in Gänsefüßchen – gesunden Leben noch gar nicht so deutlich zum Vorschein kommt.«

Bekker streift den mit ihm etwa gleichaltrigen Oberarzt, der niemals Chef werden wird, mit einem sehr seitlichen, kalten Blick. Er zweifelt, daß einem Mann Antwort gebührt, der, kaum daß er einen Schritt aus seinen Fachgrenzen hinaustut, in ein blubberndes Kauderwelsch versinkt und alle Autorität, die ihn als Arzt eben noch umgab, mit sich in die Tiefe reißt. Wie kann das aus ein und demselben Hirn quellen? Spricht nicht diese Dummheit letztlich auch im Wissen des Arztes mit, in seinem Urteil, seiner Diagnose, seinem Handeln? Lebensgefährlich. Und doch kann er sich schließlich nicht zurückhalten, gegen diese Stinkspur seine eigene abzusetzen. Er entgegnet ohne innere Regung: »Der Staat ist eine eis-gekühlte Selbstbefriedigungsmaschine. Kein Mensch, der Liebe fähig, liebt so einen. Staats-branderstickungsspezialisten kämen dann zu Lande, zu Wasser und aus der Luft. Ikarischer Plumps. Aus allen Etagen fallen die Geistigsten wie Kannen in die Mülltruhen hinunter. Schickt wenigstens mal das Leergut zurück, ihr Menschenaussäufer!«

Der Oberarzt rutscht auf seinem Sessel und zwitscht Luft durch die zusammengebissenen Zähne. Bekker lehnt sich vor und fügt etwas ein-dringlicher hinzu: »Zerstören, mein ich, zerstö-ren.«

Der Oberarzt sagt schnell und mit zurückban-nender Hand: »Gut. Es ist gut, Herr –« Dann dreht er sich mit dem Sessel zum Fenster und

174

sieht eine Weile hinaus. »Ha!« ruft er plötzlich aus einer unterdrückten Aufwallung heraus. Und noch einmal: »Ha!«, den Blick noch aus dem Fenster gerichtet. Dann dreht er sich im Sessel zurück und wendet sich Bekker wieder gerade entgegen. »Ich meine, da sind Sie hier ja gerade richtig mit einer solchen Auffassung. Zerstören, zerstören. Sie sind wirklich gut, Herr –. Stellen Sie sich mal vor, mit Ihrer Auffassung wären wir gestern früh an Ihre Tochter herangetreten im OP, na also, das ist ja alles nicht so ohne, mein lieber Freund. Okay. Ich kann Sie nur bitten, Ihrer Tochter noch einmal nahezulegen, jetzt nicht leichtsinnig und ungeduldig zu werden. Immerhin müssen wir uns darüber im klaren sein, daß sie sich im relativ weit fortgeschrittenen Stadium einer Nervenschädigung befindet, das, will man Schlimmeres verhüten, regelmäßige Kontrolluntersuchungen und vor allem die sofortige Aufnahme einer urologischen Behandlung erforderlich macht. Ich hatte den Eindruck, sie ist von dem – in Gänsefüßchen – mangelnden Erfolg des Eingriffs enttäuscht, möchte lieber heute als morgen hier wieder raus und die ganze Chose vergessen. Ich halte es dagegen für angezeigt, daß sie noch mindestens vierzehn Tage bis drei Wochen zur Beobachtung bleibt und sich anschließend in der Urologie gründlich beäugen läßt, damit schleunigst etwas gegen die Restharnbildung un-

ternommen wird. Aber wissen Sie, selbstver-
ständlich, die Patientin kann tun und lassen, was
sie für richtig hält. Wir können niemanden zwin-
gen. Zur Therapie gehören immer zwei...«

Grits Tränen fließen ruhig und ohne Pulse, fallen
mit dem Rotz auf immer denselben matschigen
Fleck im Kopfkissen. Rechte Seitenlage seit dem
frühen Morgen mit dem Blick aus dem neunten
Stock auf den niedrigen, grauen Schneehimmel,
aus dem jedoch nichts herauskommt, der einen
schmutziggelben Schimmer wiedergibt vom Ar-
beitslicht der Stadt. Von der Stadt selber kann sie
aus ihrer Lage nichts sehen. Sie möchte nach der
Schwester läuten, da sie plötzlich und zum ersten
Mal glaubt, etwas in den Topf bringen zu können, von selbst, ohne Katheter. Sie bittet den Vater nach draußen zu gehen und es abzuwarten.
Doch Bekker besteht diesmal darauf, daß er
selbst ihr helfe. Sie legt beide Arme um seine
Schultern, so daß er sie ein wenig anheben, ihr das
Betthemd hochstreifen und die Pfanne unter-
schieben kann. Dann versucht sie loszulassen,
greift nach dem Haltebügel, der über ihr hängt,
zieht den Oberkörper hoch, unter Schmerzen
japsend, und klammert sich mit der Achsel fest.
Sie muß selbst über das Ausmaß ihrer Behinde-
rung staunen und ihre verheulten Augen weiten
sich. Bekker wendet den Kopf zum Fenster, um

für ein paar Sekunden nicht mehr mitanzusehen, wie sich das Kind, seine kleine, mit so vielen sprechenden Bewegungen erfüllte Gestalt nun einem Krüppel gleich verrenken und anstrengen muß. »Halte mich!« Grits Arm rutscht über den Bügel, sie hat nicht Kraft genug, sich festzuklemmen. Der Vater umfaßt sie von vorn und sie legt die Arme um seinen Nacken. Sie halten sich umarmt genau wie Liebende. Und doch sind es Griffe der Nothilfe, und das bedeutungsvolle Warten gilt einem kleinen Pipi und lenkt sie ganz voneinander ab. Bekker steht ungeschickt vorgebeugt und verkrampft sich, die überkreuzten Beine drücken an die Bettkante und die Kniekehlen fangen an zu zittern. »Nicht so fest… vorsichtig!« Am ganzen Körper ist sie ein einziger starrer Wille, die Sperre zu durchbrechen, aus ihrem Bauch wie aus dem Fels in der Wüste Wasser zu quetschen. In diesem gesteigerten Warten drückt sich ihr Gesicht eng an das seine, bis ihm auf einmal ist, als liege liebkosend ihr halboffener Mund über seinem Bakkenknochen und als spüre er plötzlich einen scharfen Speichelstrahl an sein Ohr, in die Haare hinter dem Ohr schießen, der kleine Schwall, das, was dem Erbrechen vorschnellt… Im selben Moment klimpern unten ein paar schnelle Spritzer aufs Email. Aber der Durchbruch ist es noch nicht, noch keine Freiheit. »Warten«, sagt Grit an seinem Ohr. Bekker entkreuzt die Beine und faßt Grit etwas sicherer und schmiegsamer.

Abwarten. Schürfen und Scharren. Der Leib ist Gestein, verschlossen der Leib, verschlossen die Sprache. Ablagerung, Verwerfung. Eine neben vielen Krusten der Erde. Aber unter unserer stockend trockenen Rede muß ein Großer Fluß sein... Im Stadtpark geht eine junge häßliche Frau um, stinkend und aschfahl. Stinkt draußen im Freien und keine frische Luft verweht den stechenden Geruch. Wischt sich nicht mehr ab, hockt sich hin, wo sie haust, scheißt und pißt hinter den Drecklappen ihres langen Schürzenkleids, das sie niemals auszieht. Aufgeschwemmt vom Müllfraß, zwei dicke Warzen nebeneinander auf der Backe, ringsum violettes Adermineral, lange Haare wie Loreley, bis auf den Hintern, verfilzt und verkrustet, durch Cola, Öl und Kotze gezogen, so daß es leimstarr wie eine gepreßte Matte auf ihrem Rücken liegt, und bestückt mit Abfällen aller Art, Streichhölzer, Büroklammern, Flaschendeckel, Fäden, Nußschalen, Kaugummis, bunter Dreck aus den Ecken, in denen sie gewöhnlich liegt und schläft, wie andere sich Blumen oder Spangen ins Haar stecken. Diese Frau hat in ihrer Verwahrlosung eine gewisse Vollkommenheit erreicht und scheint uns allen sagen zu wollen: es sein lassen, Abort werden selber. Aber wozu läuft sie dann noch zwischen den

Parkbäumen und uns herum, zeigt sich so auffällig in der Stadt und pestet uns angriffslustig entgegen, besonders an Sommertagen, wenn wir mit den Kindern in den Park gehen, die plärren nämlich jedesmal wie am Spieß, wenn sie die Stinkefee nur von weitem sehen? Ach, die will leben und dabei sein, muß ja rumlaufen, sich ihr Essen suchen und sich auch mal sonnen auf der Bank und aus den kleinen Quellen trinken, die hier aus den Steinsäulen plätschern. In der Stadt kommt sie allemal leichter durch mit Küchenresten, Wohlfahrt und Diebstahl als in den Wäldern der Eifel oder der Schwäbischen Alb. Der ist danach, ohne die anderen mitten unter ihnen zu leben. Die will bloß wieder mit der Scheiße spielen und nicht belästigt werden. Wie der eine sich gerne schikanieren und seine Seele auspeitschen läßt und der andere gierig Häuser baut. Sie sieht lange auf ihre durchlöcherte Strickjacke, die neben ihr auf der Bank liegt. Sieht den Lumpen listig an und scheint, mit ihren verwilderten Augen, ein Wesen zu belauern, das sich regen und entschließen könnte, ihr davonzuschlüpfen. Sie läßt vorsichtig eine Hand über der Jacke schweben, als wollte sie einen Fisch aus der Stromschnelle fangen, und greift dann blitzschnell zu...

Sollte es unter den empfindlichen, körpergepflegten Weltbesitzern etwa besser zugehen? Kommt dort nicht auch diese Krankheit, plötzlich zu verkinden, mitten im hellichten Aufstieg, in immer größere Verbreitung? In der Diele ihres Hauses, der selbstentworfenen Villa Sirius, rundum mit kühlem Aluminium abgedeckt, steht eine Frau mit ihren beiden Töchtern, Chef über mehr als fünfzig Architekten, Zeichner, Planer. Kurzgeschnittenes schwarzes Haar, das den schmalen, länglichen Kopf als einen klaren und sich durchsetzenden hervorhebt. Von den Töchtern die Kleinere unterhält sich vernünftig mit der Mutter, nimmt Ratschläge entgegen, wie sie im Garten ein Beet für Tulpen und eines für Anemonen anlegen soll, während zugleich ihre Schwester, neunzehn Jahre, Abitur mit Eins-Komma-Sechs, der Mutter im rechten Arm liegt und fast verblödet, mit stumpfem, weitem Rückblick in den Augen an ihrer nackten Brust kaut. Die Herrin hat über ihrem rechten Busen den Pullover hochgezogen und ihn ruhig, als sei es einfachster Brauch, ihrer Großen überlassen. Ungeachtet dessen unterrichtet sie die Kleine, die ihre Mutter schon auf altkluge Weise nachäfft und ihr eifrig nach dem Mund redet. Der Zusammenbruch der Musterschülerin, der große Schüttel kam nach dem glanzvollen Eins-Komma-Sechs-Sieg auf dem Abgangszeugnis, in Wahrheit einem totalen Vernichtungssieg, den Ehrgeiz, Hast, Beschränkung, Zukunft über Jugend, Reifen, Schlendrian und Erste Liebe davongetragen haben...

Grit wird von trügerischen Nervenreizungen gequält. Offenbar hat der Eingriff die Fasern in Unruhe versetzt, der Harndrang ist anhaltend stark, aber jede Erlösung bleibt aus. Nichts ist dazugekommen über dem festen Warten als ein kleiner prustender Wind, den sie mit einem gleichzeitigen Seufzer übertönt. »Leg mich wieder... Andere Seite.« Beim neuerlichen Heben und Stützen rutscht einmal das Betthemd hoch und bleibt an der dicken Wundverpackung, die auf ihrem Rücken gepflastert ist, hängen und im Versehen erscheint das verschlafene, zerlegene, zu einem Ziegenbart zusammengedrückte Haar zwischen ihren Beinen, jetzt ein Ort, der allein dem Schmerz, der Lähmung, der geschlechtslosen Krankheit zugehört, und für den Bruchteil der Sekunde ist Bekker ein Fetzen jenes frühen, unbändigen Traums, hinter das brettervernagelte Ende der Welt zu blicken, durch den Kopf gezuckt. »Hast du das Paket auf der Wunde gesehen?« fragt Grit. Sie liegt jetzt auf der linken Seite und holt sich Papiertaschentücher vom Nachttisch, um Augen und Nase zu trocknen. »Riesig, was?« Bekker, in seinem Ungeschick vor dem kranken Kind, antwortet ebenso behutsam wie unbedacht: »Ja. Die haben sicher einen langen Schnitt gemacht, um besser ran zu können...« Er merkt, ehe er noch ausgesprochen hat, den Patzer und möchte sich fast auf die Zunge beißen. Denn um nichts bedauert sich das Mädchen mehr als der langen Narbe wegen, die ihr womöglich am Rücken bleibt. Kein Wunder, daß auf diese trostlose Bemerkung hin nur ein knurriges »Hm« erfolgt. Bekker versucht sich aus der Verlegenheit zu bringen, indem er von seinem Gespräch mit dem Oberarzt zu berichten beginnt. Doch gleich unterbricht sie ihn und läßt sich gegen diesen Mann aus, dem sie nicht über den Weg traue, den sie für einen ausgesuchten Unglücksraben halte. Dieser Arzt! Mit einer so dunklen Brille! (Das ist wahr. Bekker hat es auch gestört, doch anderes war störender.) Vor einem solchen Arzt möchte man sein Leiden doch eher verbergen als enthüllen. Ob der Vater schon je bei einem Arzt in Behandlung gewesen sei, der ihm nicht offen habe in die Augen blicken können? Es sei ohnehin schwer genug, einem Fremden gegenüber so ins Detail zu gehen... und dann diese Brille! Dieser unentwegte Blick aus dem Dunkeln. Sie habe ihre Vorstellung von der Menschenoffenheit eines Arztes und der Patient Anspruch auf ein klares Gesicht... Nun, über diesen Mann darf nicht weiter geredet werden, seine Ratschläge und seine Ermahnungen will sie nicht anhören. Immerhin, Abneigung und Schimpfe gegen den Oberarzt scheinen sie nachgerade zu kräftigen, darüber wird sie richtig lebhaft und plappert zügellos dahin.

Silvester im Krankenhaus. Grit hat sich nun doch gefügt und ist zur Beobachtung länger als unbedingt nötig auf der Station geblieben. Nach fleißigen Übungen mit der Krankengymnastin ist sie bald soweit wiederhergestellt, daß sie allein auf die Toilette gehen und draußen auf dem Korridor spazieren kann. Am gefährlichsten Übel, an der Restharnbildung, hat sich indessen nicht das mindeste gebessert. Zur Jahresmitternacht, wenn die Bürger rings die Lichter tanzen lassen, betrachten Bekker und Grit, erhaben aus dem neunten Stock der Klinik, das Strahlen und Fallen von tausend Blitzen, Kugeln, Garben wie eine große, gemeinsame und vollkommen unordentliche Komposition, emporgebracht aus so vielen einzelnen Häusern und Siedlungen und in der Höhe doch ein Gebild aller, ein Organismus der hüpfenden Freude über der Stadt.

Kurz nach dem Abklingen des Feuerwerks, nach einem leichten Kuß zum Neuen Jahr, den sie dem Vater auf den Mund drückt, sinkt Grit auf der Stelle in tiefen Schlaf. Ein bißchen Champagner und vielleicht auch Bekkers ungewohnte und ungewohnt heiteren Erzählungen vom alten Offizier, von seinen selbstgebastelten Feuerrädern, Donnerschlägen und Universalraketen, haben sie gerade bis Mitternacht wachhalten können. Einmal wurde sie für wenige Minuten sogar ausgesprochen übermütig, bekam ihre frechen Kringel unter die Augen und erklärte, daß sie nun doch hin und wieder etwas unruhig werde... Unruhig? Nun, sie meine ein bißchen liebeslustig, jiebrig halt. Seitdem Joseph sie in den letzten Tagen häufiger besucht hat, mag sie wohl erst richtig wieder spüren, was sie entbehrt. Der Vater steht noch eine Weile am Fenster und sucht sich vor dem Neuen Jahr zu sammeln, doch es will ihm nicht gelingen, Andacht für das Kommende zu halten oder überhaupt nur etwas Bemessenswertes in der Zeit zu finden.

Dann packt er die Reste der Kalten Platte zusammen, die er noch am späten Nachmittag eilends aus einer Hotelküche beschafft hatte, ohne zu wissen, daß Grit diese glasierten Buffethappen nicht ausstehen kann. Er gibt den Abfall und die unverzehrten Delikatessen bei den Nachtschwestern ab. Joseph dagegen hatte natürlich das Richtige mitgebracht. Einen Haufen Orangen und südafrikanische Riesenweintrauben. Diese hat sie mit Heißhunger ausgelutscht. Joseph, der verabschiedete, ist inzwischen sacht zurückgerollt. Dieser arglose, unkränkbare Lächler im Friedensblumenwams hat sich als besonders zuverlässig und hilfreich erwiesen und sich aller Obliegenheiten des Reisebüros, so gut es ihm möglich war, angenommen. Ihm ist es zu danken, daß der Laden nicht schließen mußte und keine größeren Verluste entstanden. Er versteht es auch, sich in

Grits Nähe zu bringen, ohne sie zu bedrängen und frühere Ansprüche wieder geltend zu machen. Eine sonderbar schmerzlose und dehnbare Hülle von Lassen und Halten ist da um diese beiden, und Bekker täuscht sich nicht darüber, daß Joseph, der unauffällig so viel Beistand, Geschick, Selbständigkeit bewiesen hat, von Grit sehr bald auf die günstigste Weise wiederentdeckt werden wird. Es ist ja nicht zu übersehen, daß die gutmütige Wärme, die sie ihm jetzt entgegenbringt, solange sie noch behindert vor ihm im Krankenbett liegt, sich ohne weiteres und sehr schnell in reine Körperhitze verwandeln ließe. Obwohl doch der Junge unterdessen mit unverändertem Durchschnittswesen, mit genau denselben Eigenschaften, freilich im Hintergrund, wirkte, die zusammengenommen und bei Alltagslicht betrachtet, schon einmal zu jener tödlich lieben Langeweile führten, aus der Grit vor einigen Monaten unbedingt entfliehen mußte. Mittlerweile verstehen sie sich wieder blendend im Nichtssagenden und geradezu erleichtert scheint Grit ihm zuzuhören, seinen ebenen Floskeln, seinen heutigen oder mindestens einem sehr nahen Gestern verwandten Tönen. Bekker wird sich plötzlich bewußt, wie sehr sein Alter, sein Alttun, sein Stammeln, die tausend unglücklichen Bewerbchen des Geistes das Kind belästigt und überfordert haben müssen. Mit jenem ganz besonderen Augenschein, mit dem in der Liebe nur der Heimkehrer begrüßt wird, und mit jenem Lächeln, wenn gerade das Altvertraute einen scheu werden läßt, hat sie sich Joseph wieder angesehen und mehr als einmal rutschte der Blick hinunter zum Hodenbuckel auf den weinroten Samthosen. Nachdenklich schien sie sich zu fragen, ob nicht doch tief in der Geborgenheit Abenteuer, tief in der Gewohnheit Lüsternheit versteckt sein könnte, wenn man nur richtig suche und unbedingt wolle.

Dennoch wird die frühere Verbindung zwischen den beiden nicht einfach instand gesetzt. Es bleibt bei vereinzelten Begegnungen. Nicht Joseph, sondern der Vater darf wieder mit Grit, nach ihrer Entlassung aus der Klinik, die Wohnung in der Flämischen Straße beziehen. Dort hat er in den ersten Tagen alle Hände voll zu tun, muß Hilfen und Einsätze aller Art leisten, kochen, putzen, einkaufen, waschen... Kaum zu bewältigen für einen in Hausarbeit unerfahrenen und überhaupt seit langem untätigen Mann, der nun, aufgescheucht aus seinem trüben Brüten, ebenso vergeßlich wie dienstsüchtig durch die Wohnung flattert. Grit muß vorerst noch die meiste Zeit des Tages im Bett zubringen. Bewegung strengt sie sehr bald an; sich bücken, etwas zu tragen ist ihr noch gar nicht möglich. Daher hat Bekker jetzt den Haushalt allein unter sich und erledigt auch nach ihren Anweisungen die außer Haus führenden Besorgungen. Doch nur zu oft treffen ihn, der von Unordnung überzeugt und durchdrungen ist von ihr, sehr unverwandte Blicke und solche gar des Ekels, wenn er etwas anstellt, was, wie Grit sich ausdrückt, eine Frau einfach nicht mitansehen kann. Tatsächlich empfindet sie es bald nicht mehr als komisch oder ärgerlich, sondern als schmerzhafte Störung, wenn Bekker etwa mit der Plastikschnute des Staubsaugers über die Fliesen im Badezimmer rattert – so wie er das tut, hat es etwas vom Kreischen der Messerschneide im Marmeladenglas. Dinge werden miteinander in Berührung gebracht, die nicht zusammenpassen. Wozu den Zwieback in den Toaster schieben? Und die Eieruhr stellt man nicht neben der offenen Gasflamme ab! Nervös und ungebärdig verfolgt Bekker seine Haushaltung und entfernt sich dabei, in Grits Augen, immer mehr in ein Reich der verfehlten Zwecke und des entmachteten Sinns, betreibt alles auf einmal, ebenso tüchtig und nicht weniger umsonst, als würde einer täglich seine Markstücke mit Sidolin polieren oder den Putzlumpen mit der Kleiderbürste auskehren.

»Wisch nicht so!« schreit Grit aus ihrem Bett, angewidert, da sie durch den Türspalt den Vater vor dem Badezimmerspiegel beobachtet und wie er dort breitbeinig steht, mit wackelndem Hintern, gierig, wie toll an eingetrockneten Zahnpastaspritzern herumscheuernd. »Das sieht ja richtig unanständig aus, wie du das machst! ...Bestußt!« Der Vater hält ein, läßt den Spiegel, beugt sich und beginnt mit runder und träger Bewegung das Waschbecken auszuwischen, für das er offensichtlich bedeutend weniger empfindet. Woher kommt soviel Gewalt und Gier in diese zwei linken Hände? Woher auf einmal ein solches Lustmörderleben in diese Hände? Das hat doch alles etwas zu bedeuten, oder? Grit weiß nicht, weshalb sie eine so tiefe Abneigung gegen die Tätigkeiten des Vaters hegt. Einmal allerdings, als er eine kolossale Nachzahlungsforderung des Finanzamts bekümmert auf der Hand hält und verliest, erklärt sie, indem sie ihn fest und abschätzig ins Auge faßt und ohne irgendwie auf die Sache einzugehen: »Der zwiespältige Mensch zieht Unheil an, weil er selbst eins ist.« Sagt es mit erfülltem und glitzerndem Ton und wiederholt diesen gelungenen Spruch fortan bei jeder passenden und unpassenden Gelegenheit.

Die gereizte Abwehr und die plötzlichen Ausfälle gegen den Vater wechseln in diesen Tagen mit Zuständen von tiefer Niedergeschlagenheit und Entkräftung, in denen sie Zuflucht bei ihm sucht und für seine Nähe dankbar ist. Da bleibt zum einen die große Enttäuschung über die nicht erfolgte Heilung, über den im Grunde vergeblichen Gang in die Klinik und unters Messer – bis jetzt ist nicht die Spur einer Besserung eingetreten, vor allem nicht bei den gemeinen Hemmungen der Blasenmuskeln (eher zupft und zuckt es mal im linken tauben Unterschenkel, als krieche da allmählich Leben herauf), so daß sie, genau wie vor dem Eingriff, auf starke Medikamente angewiesen ist, auf Breitband-Antibiotika, die zu einer andauernden Übelkeit und zur Ermattung des gesamten Kreislaufs führen. Zum zweiten bleibt die trostlose Gewißheit, daß da eine wohl nicht lebensgefährliche, aber wahrscheinlich auch niemals heilbare Krankheit in ihrem Rücken haust, wie Schwamm am Dachbalken, und sie auf unbestimmte Weise ständig bedroht. Nicht zuletzt wirkt dann die seelische Reizung fort nach einer solchen Operation, die gleichsam ans Mark selber rührte, ans Zentrum der Ängste, so belanglos sie im chirurgischen Sinn auch gewesen sein mag. Das alles miteinander führt dazu, daß Grit eine erste, tiefere Erschöpfung ihres einfachen und kräftigen Bewußtseins durchmacht. Vor allem nachts und im Halbschlaf wird der weiche Fehlwuchs im Rücken, den ihre Gedanken unablässig betasten, ins Unheimliche aufgebläht und die Angst, die einen Namen sucht, erschafft dann stets dasselbe Greuelbild einer Schwangerschaft, in der die Frucht des Bösen in vielen winzigen

Mißgeburten ausgetragen wird. Embryonen, wieselnde, in Tier- und Krüppelgestalt, ekelhafte Gesichte von Geburt und Abtreibung fallen über sie her. Jedesmal erscheint dann auch der junge Krankenpfleger mit seinem hintersinnigen Grinsen, der Mann, den sie vermutlich als ersten verschwommen wahrnahm, nachdem die viel zu schwere Betäubung allmählich nachließ, und der jetzt als der geistesgestörte Vater ihres Ungezieferkindes auftritt. Er kommt ihr mit bedrängender Grimasse, mit scheußlichem Ernst und unterweist sie in dem Taschenspielerkniff, mit Hilfe dessen man ›heutzutage‹ ein einmal zur Welt gebrachtes Baby ›unauffällig‹ wieder los wird: Man höhle einen großen Kürbis aus, stecke das Neugeborene hinein, schließe und klebe den Kürbis sorgfältig zu, trage ihn auf den Markt und mische ihn dort unter die vielen anderen Kürbisse. Ein nächstes Mal gibt er wieder ein finsteres Lehrstück und schneidet einer nackten Kleiderpuppe, Herrenoberkörper, mit zwei Schälmessern ein Baby aus der Brust. Schrickt sie aus solchen Alpträumen herauf, dann wird es im Wachen nicht geheurer, dann hört sie nebenan den Vater schlafen, nur durch eine dünne Zwischenwand von ihr getrennt, sein gleichmäßiges und eintöniges Pusten wie von einem, der in der Verdammnis zu ewigem Brustschwimmen bestraft ist. So hat sie nun ihren Beschützer zum Nachtmahr bestellt,

indem sie sein Bett viel zu nah an das ihre heran-
ließ. »Er muß bald zurück in den hinteren Teil
der Wohnung«, denkt sie. Und: »Er muß bald
ganz aus der Wohnung hinaus...«

Andererseits ist es der Vater, der mitten in der
Nacht von einem Schrei oder Gestöhn geweckt
wird. Er geht dann hinüber in ihr Zimmer, knipst
das Nachtlicht an und hebt in beiden Händen ihren unruhigen Kopf vom Kissen. Sogleich fährt
sie in die Höhe, klammert sich an seine Schulter
und berichtet unmittelbar vom Ort des Grauens... Alte Briefe seien ihr eben in die Hand gefallen und etwas Gräßliches war darunter. Ein
cellophanes, vollkommen durchsichtiges Brief-
kuvert, an dem alles Weiß abgenagt war. Ein
Wurm, eine Art schwarzer gefiederter Wurm,
nein, eine winzige, flinke Muräne mit spitzen
Zähnchen, die im Kuvert herumhuschte, in einem Haufen von pechschwarzen, hauchdünnen
Papierfäden, und das war ihr Kot, das ausge-
schiedene Weiß. Sie oder Es hatte im jahrelangen
Verweilen in dem noch nie geöffneten Brief das
Weiß vom Papier abgefressen... »Das ist doch«,
ruft Grit und deutet fast empört den Traum, »das
ist doch gerade so wie ein Kind, ein ungeborenes
Leben, das nicht heraus kann!« So träumt sie
gleichsam auf der Stelle, einen fast immer ähnli-
chen Stoff, kurz und unvergänglich wie der Mu-
sikfetzen, wenn die Plattennadel über einen Krat-

zer nicht hinwegkommt und die nächste Rille nie erreicht. Und wie aus dem sinnlosen Kreisen eines Bruchstücks plötzlich die fertige Idee oder Weissagung entspringt, nimmt sie es schließlich für unumstößlich wahr, was sich im Traum mit Mutter und Kind und immer wieder mit dem Krankenpfleger abspielt. Denn wie sollte der nicht leicht an sie herangekommen sein, wie die Gelegenheit nicht leicht genutzt haben, als sie noch in der Narkose lag und nichts merkte? Dazu die viele Übelkeit und im ganzen ein schleichendes Sich-Anders-Finden. Das ist doch ausgemacht: sie schwanger und vergewaltigt von diesem schiefen Typ in Gesundheitslatschen und im weißen Anstaltskittel...

Um ihren Spleen noch zu übertreiben, entgegnet der Vater, daß sich ihr Verdacht aber nicht allein auf den armen Krankenpfleger einschränken dürfe. Weshalb käme nicht ebenso gut Manstett, der Chef, infrage, der Oberarzt sogar und schließlich – wenn man schon so nächtlich fantasiere – nicht er, der Vater selbst? »Wer?« fragt Grit und sieht ihn böse an.

»Du hast mich doch bei meinem ersten Besuch gar nicht recht erkannt«, sagt der Vater und schielt fast vor List und Eifer.

»Was für ein erster Besuch? Wovon redest du? Ach, ich kann es nicht leiden, wenn du so ein verschlitztes Gesicht machst. Geh jetzt. Von morgen an sollst du nicht mehr nebenan schlafen.«

Zu einem Schwangerschaftstest muß der Vater ein Gummitöpfchen mit Grits Urin in die Apotheke tragen. Das Ergebnis fällt wie zu erwarten negativ aus. Aber seltsam, sie nimmt es eher bedrückt als erleichtert auf. »Das meiste geschieht nicht im Leben«, sagt sie und faltet die Apothekenquittung klein und kleiner, »jedenfalls mir nicht.«

Dann weist sie dem Vater ein hinteres Zimmer zu, eher eine Kammer schon, neben dem Bad und mit nur einem schmalen Fenster zum Hinterhof. Dort soll er schlafen und sich auch am Abend aufhalten, sich am Abend nicht zuviel in den vorderen Räumen zeigen.

In der folgenden Woche ist Grit dann wieder soweit bei Kräften, daß sie sich zumuten kann, wenigstens halbtags im Reiseladen zu arbeiten. Es ist doch manches unerledigt geblieben. Joseph ist vor allem mit der Korrespondenz nicht immer glücklich verfahren. Mit Reisegesellschaften muß man sich zuweilen hart anlegen. Außerdem ist die erste Buchungswelle für den Sommer schon in vollem Schwung und die Stammkundschaft verlangt nach Grits anmutig in die Ferne deutender Person, wie jedes Jahr um diese Zeit.

Solange er allein ist, steht dem Vater die ganze Wohnung zur Verfügung, mit Ausnahme von

Grits Schlafzimmer. Dieses bleibt neuerdings abgeschlossen. Hin und wieder bringt sie am Abend Joseph mit und die beiden sehen sich etwas im Fernsehen an.

Bekker geht nun Nacht für Nacht wieder die Stadt hinunter, sammelt in den Kneipen einen Kreis von halb befreundeten, halb ihn belächelnden Menschen um sich, die ihm zuhören, denen er seine zerklüfteten Geschichten und Gesichte vorträgt, sobald er nur genügend getrunken hat und in Laune kommt. Er ist jetzt sehr viel ungenierter, er veröffentlicht sich, macht sich auffällig bekannt, ja er erzählt sogar für Geld. Denn um sich das Glas stets mit gutem Cognac auffüllen zu lassen, braucht er mehr, als die Arbeitslosenkasse zahlt. So wird er bald in dieser neuen, geselligen Phase seiner Stadtsucht ein umjohltes Kneipenoriginal, genannt Der Stammler und sich selbst so anzeigend, bevor er seine ungehobelten Monologe herausschleudert. Diese werden vor allem von den Jungen und Ahnungslosen, von Studenten und Abtrünnigen aller Szenen und Sekten mit dumpfem Hallo aufgenommen und wie neue Brettldichtung oder Kleinkunst immer wieder nachbestellt. Es zeigt sich aber auch, daß viele seiner Fantasien dem Publikum wenig eingängig sind und nur, wenn er wirklich über sich hinaus gerät und ein unbedingtes Sagen heraufkommt, hören die Leute nicht allein der starken, ausgefallenen Erscheinung, des unerschrockenen Auftritts wegen zu. Dann haben sie plötzlich ein hartes, dunkles Geschmetter von Krähenflügeln am Kopf, nur Gesprochenes, und sie verlachen es nicht. Solche Darbietung ist nicht von Kneipe zu Kneipe wiederholbar. Oft genug wirkt sie blechern, egal, äußerlich und betrifft niemanden, ein peinliches Programm. Visionen machte ihm das Gesicht Eines Menschen. Sie sind nicht dazu geeignet, auf den Markt getragen und an viele weitergegeben zu werden. Gleichwohl läßt er sich überreden, als ihn der mittrinkende Ludwig, Nachtfunkredakteur mit Brokdorf in der kleinen, heißen Hinterhand, einlädt, für gutes Honorar in seinem Studio, in der schalltoten Bude, eine halbe Stunde frei von der Leber weg zu reden, den Mitternachtsnarren zu geben, live. In dieser Sendung, in der möglichst alles auf leichte Weise drunter und drüber gehen und der Hörer nicht unterscheiden soll, was Ernst ist oder Parodie, wird Bekker vorgestellt von Ludwig, der sich vorm Mikrofon künstlich ruppig und frech benimmt, als »einer der letzten Bauchredner im Land der Lügenmäuler, der offen stehengebliebenen und der zugestopften Mäuler«.

Dann wird ihm Zeichen gegeben, und Bekker erhebt flüsternd seine Stimme. Er beginnt mit einer zarten Anrufung des alten Offiziers, er nutzt den grenzenlosen Äther des Rundfunks, um sich zunächst mit der Seele eines Toten in Verbindung zu setzen. Alles was ihm einfällt, dreht sich um den Offizier, dessen Gut und Böse, dessen Sprache und Unsinn ihn verfolge bis auf den heutigen Tag, so daß er oft schon glaube, zeitlebens nichts als das leise, strebende Wiederholen einer entbehrten Rede von sich zu geben. Das dauert eine ganze Weile und drüben hinter der Scheibe macht der Redakteur ein langes, mißmutiges Gesicht. »Vor allem das Altsein«, sagt Bekker und spricht das Mikrofon persönlich an, »ist ein wahres Wesen des Seins. Und plötzlich. Sie schrecken einer jenseits vom anderen über und sind's. Die anderen Leute sind nicht geneigt, die Alten noch suchend anzusehen. Die wollen von ihnen nichts. Das muß man ertragen. Die eigenen Träume noch haben dich ausgesperrt. Aber wenn draußen nachts nur ein bißchen Verkehr von ferne raunt, bist du beruhigt. Diese Leute sind beschäftigt, sie fahren, sie lieben sich nicht. Solange draußen etwas fährt, ein Motor läuft, geht alles vorüber. Im Nachbarhaus hat ein Alter seinen Briefschlitz zugeklebt mit viel breitem Tesafilm, und ein Zettel hängt dran, auf dem steht: Hans Wöllner. Post, Zeitungen, Wurfsendungen: Nichts mehr!... Das ist ein erster Schritt.«

Dann aber, plötzlich, brechen ein paar heisere Schreie hervor, Aufrufe zum Attentat gegen

Chefs und Machthaber auf jeder Etage, und es folgt ein lautes, undefinierbares vaterländisches Geheul, so daß selbst der auf Pfiff und Skandal bedachte Ludwig am Pult die Regler verschiebt und mit Einblendungen von alten Schlagern und einem komischen Verschnitt von Bundestagsreden seinem rumorenden Nachtwächter über den Mund fährt.

Bekker merkt davon nichts und redet unverdrossen weiter. Jetzt trägt er im Stil des Augenzeugenberichts eine gewaltige Sicht von neuen Völkerwanderungen vor, berichtet von den Großen Kreuzzügen aus dem Süden, mit denen Millionen von Hungerleidern aus aller Welt in unser glaubensschwaches und unterbevölkertes Land eindringen, um ihre Not zu lindern und uns Greise zu bevormunden. Schließlich läßt er sich's nicht nehmen, eine ganz persönliche Haßadresse an seinen Herzensfeind zu richten, an Zachler, das Weltschwein: Wenn der den Mund aufmacht, dann öffnet sich der Sarg der Deutschen Wehrmacht! ... Doch da ist er schon längst nicht mehr auf Sendung.

Nach seinem Radioauftritt hoppelt Bekker noch lange die Straßen hinunter, mit heftigem Gemurmel immer noch in seiner Rede begriffen, die ihn verfolgt wie ein Mückenschwarm und die er immer wieder zu einem schönen Ende zu bändigen versucht. Einmal bleibt er in einer leeren

Fußgängerunterführung stehen und ruft um sich: »Schluß! Schluß! Ich habe geredet... Fertig bin ich!« Aber kaum nach zwei Schritten fährt er schon fort: »Oh verdammt. Nix Gesprochenes. Nicht mündlich-mündig. Singsang bloß. Bin Sänger und Gutteil schweigende Mehrheit dazu. Du sollst mich hören – *du* aber nicht: Du, Zachler und deine Natur!«

Auf der Treppe der Passage kommt ihm eine Schar Pakistani entgegen und er tritt ihr mit einer freundlichen Verbeugung in den Weg, fragt, ob er behilflich sein kann. Die Männer, beinahe ein Dutzend, die meisten in dünnen Nylonmänteln und farbigen Pullovern, sehen ihn unverständig an, biegen in zwei Bahnen von ihm ab und lassen ihn stehen.

Sie schlendern in einem mäßigen Schritt wie Touristen an ihrem ersten Abend am Reiseziel und sehen doch am liebsten unter sich, verschlossen gegen die Fremde und alles Unbekannte. Ein kleiner Trupp Verschleppter und Ausgesetzter, denen man jetzt häufiger in der Stadt begegnet. Sie haben sich in ihrer Heimat als Arbeitskräfte für Deutschland an einen Menschenhändler verkauft und müssen nun erleben, daß sie im gelobten Land weder gebraucht noch auch nur geduldet werden, weder Anstellung noch Aufenthaltsgenehmigung bekommen. Stumm und benommen streifen sie durch die Stadt, beginnen schwerfällig zu ahnen, welch bösem Schwindel, welch ungeheuerem Betrug sie zum Opfer gefallen sind. Bekker läuft den Männern hinterher und schlendert, als er sie eingeholt hat, gleichmäßig in der Schar mit, wie angezogen von diesen abwesenden Gängern aus dem Fernen Osten. Nach einer Weile spricht er einen sehr jungen Burschen an, der neben ihm geht: »Arbeit?... You want a job?« Der Junge sieht ihn nicht an, aber ein anderer Mann, der vor ihm geht, dreht sich um und alle übrigen bleiben mit ihm stehen. Yes, sagt der Mann ruhig und mißtrauisch, beinahe kampfbereit. Bekker, mit Übereifer im Blick und in den Händen, steht vor der Gruppe und erklärt auf englisch, daß er ihnen Arbeit beschaffen könne, daß es ihm möglich sei, sie an gute und gut bezahlte Arbeit heranzuführen, Arbeit und Papiere, Job – papers – job! Er lacht einmal heftig in die Luft, beglückt über das Leichte des Menschenretters, das ihn da anwandelt. Sie mögen ihm nur folgen, bedeutet er ihnen und setzt sich an die Spitze der Pakistani, die nun in seinem Rücken in ihrer Landessprache hin und her reden und sogleich auch etwas albern werden, da sie unverzüglich wieder auf ihr Glück vertrauen. Gleich mit dem Schritt, der sich beschleunigt, Richtung und Ziel gewinnt, heben sich auch die Köpfe und sie bemerken ihren Weg, sehen in Schaufenster und Gassen hinein; so wie man den ersten Gang zu einer neuen Arbeitsstätte besonders groß beachtet, weil einem aus jedem Laden, jeder Ampel die ganze Zukunft, hier entlang alltäglich und bald völlig unbewußt zu gehen, schon entgegenspringt. Bekker wendet sich an den Sprecher und den eigentlichen Anführer der Gruppe und wiederholt, daß es ihm wichtig sei, der eigenen Person eine Genugtuung, ihnen, den Pakistani, helfen, ihnen Arbeit beschaffen zu können, denn er selbst sei es, der Arbeit zu vergeben habe und folglich den Verschleppten auch zu einem legalen Aufenthalt verhelfen könne. Er führt sie über verwinkelte Seitenstraßen in ein Fabriken- und Lagerhallenviertel und versammelt sie schließlich auf dem Innenhof eines alten Backsteingebäudes vor einem hohen verschlossenen Eisentor. »Hier Arbeit.« An der Mauer neben dem Tor ist eine Messingplatte befestigt, auf der in dicken abstehenden Blockbuchstaben steht: »Bekker & Klapproth, Systemtransport – Kabinenlagerung«. Er deutet auf den Namen Bekker und legt die Hand auf die Brust: »Das bin ich. That's me.« Er tritt zur Seite und die Fremden starren das Schild wie eine Gedenktafel an. »Okay? I am the owner. You can work here. I need some good storeworkers. You come tomorrow morning, okay?« Unter den Pakistani werden diese Worte lebhaft, mit plötzlich ungezügelter Lautstärke aufgenommen und abgeklärt. Manchen packt sichtlich die Ungeduld und er möchte wohl gleich jetzt einmal hinter das rostrote Tor kommen, wenigstens einen Blick dahinter werfen. Es scheinen aber auch Fragen gestellt zu werden. Bekker holt seine Brieftasche hervor und winkt den Anführer zu sich. Er zeigt seinen Personalausweis, fordert ihn auf, den Namen Bekker auf dem Schild und auf dem Papier Letter für Letter zu vergleichen. Nachdem der Anführer es getan hat, gibt er den Ausweis an einen Kameraden weiter, ohne ihm aber zu zeigen, was er prüfen soll. So geht der Ausweis reihum und die Männer vergleichen jeder wie ein Grenzpolizist das Paßfoto mit Bekkers wirklichem Gesicht. Besessen und rücksichtslos, als ginge es geradewegs um das eigene Überleben an diesem Abend, wirbt Bekker um das Vertrauen dieser Männer, möchte sich eindrängeln, förmlich hineinkuscheln in diese Fremde, in die blauschwarze Kuhle dieser ihm zugewandten, hörenden Schar. Die Pakistani aber bleiben im ganzen zurückhaltend, scheu, unerwärmt. Sie sind ganz und gar nicht interessiert an einem Austausch von menschlichen Wohlgefühlen, sondern einzig an dem Schatz dort hinterm Tor, den zu finden, am Ende der Ferne, man ihnen zu Hause zugesichert hatte und in dessen greifbare Nähe sie nun genau der richtige Deutsche zum richtigen Zeitpunkt geführt hat. Sie nehmen es hin, eigentlich wie erwartet, wie bestellt und bezahlt.

»Tomorrow morning, eight o'clock. Okay?« Die Männer nicken. Sie scheinen keinen Argwohn gegen Bekker und seine als Transportunternehmer gegebenen Versprechen zu hegen. Dann fordert er sie auf, ihm ein weiteres Mal zu folgen und führt sie um einige Häuserblocks herum zu seiner Lieblingskneipe, der Baerwalt-Klause, hält dort mit seiner Schar, jovial und selig, wie der deutsche Trainer an der Spitze einer morgenländischen Fußballelf seinen Einzug. Beim Wirt hinterlegt er die paar hundert Mark seines Funkhonorars und malt ihm mit beiden Armen aus, welch große Tafel und mit welchen reichlichen, typisch deutschen Speisen er für seine Gäste hergerichtet sehen möchte. Als er zu einem ersten Umtrunk einlädt, wird er allerdings enttäuscht. Keiner der Männer läßt sich bewegen, Cognac mit ihm zu trinken oder nur sonst irgendeinen Tropfen Alkohol. Bei Tisch ist es dann Bekker allein, der unermüdlich für Unterhaltung sorgt, wenn sie auch zunächst nur darin besteht, daß er den Namen eines jeden Einzelnen in der Runde zu lernen und anzuwenden versucht und mit den dabei üblichen komischen Fehllauten eine Menge geselliges Gelächter, selbst aus den verschlossensten Gesichtern, hervorruft. Später berichtet er ausführlich vom Aufstieg und von der heutigen Bedeutung seines Transportunternehmens, schildert den Werdegang eines Erfolgreichen, vom Lkw-Fahrer zum Chef, läßt nichts aus, gleich einem Spion, der seine Legende lückenlos beherrscht, nicht Frau, nicht Kind, nicht Kompagnon Klapproth, Urlaub, Zölle, Löhne, Energieprobleme. Schließlich, ganz unvermeidlich, kommt er auch auf seinen Todfeind noch zu sprechen, Zachler, the world's dirtiest pig, der in diesem anderen Leben als der skrupellose Konkurrent mit der betrügerischen Preisstaffel auftaucht.

Unterdessen hat Bekker einen halben Liter Cognac oder mehr über den Gaumen gedrückt, wodurch sein Redefluß zunächst immer kraftvoller anschwoll und sein Englisch immer deutschtönender wurde. Bis zu dem Augenblick, da er plötzlich, in einem einzigen plumpen Rutsch, so tief betrunken ist, daß die Wellenkämme des Rauschs über ihm zusammenschwappen und er nicht mehr fähig ist, klar zu sprechen, und noch weniger, aufrecht auf seinen Beinen zu stehen. Die Pakistani sitzen etwas beklommen und rundum still auf ihren Plätzen und hören auf den entgeistert, blöde lallenden Mann, der ja ihr Herr sein soll, hören mehr als daß sie hinschauen möchten, mit einer Art frommen Verlegenheit, etwa wie sich Uneingeweihte neben einem in Starrkrämpfen spuckenden Schamanen verhalten würden. Sie fesseln den Blick jeder an sein Gegenüber und nur auf unbedingte Rufe hin sehen sie, scheu aus den Augenecken, hinunter, wie sich der Herr, über die Tischkante gekrümmt, benimmt. Sie scheinen nun doch heimlich darauf abzupassen, daß er einschläft und sie sich unbemerkt davonmachen können. Da richtet sich Bekker aber in die Höhe und stöhnt mit angstweiten Augen: »Laßt mich nicht allein! Laßt mich bloß nicht allein!« Der Sprecher der Pakistani erklärt aber bedächtig, daß es schon sehr spät in der Nacht sei und sie alle sich in ihre Pension begeben müßten.

»Nehmt mich mit!« ruft Bekker, »I come with you, nehmt mich mit!« Er schnellt von seinem Stuhl empor und schlägt sofort, wie von der Erde an sich gerissen, seitwärts nieder. Einige Männer springen zu Hilfe und wollen ihn wieder auf die Beine heben, doch bleibt er nicht stehen und sie müssen ihn unter den Armen aufstützen. Er redet lauter unverständliches Zeug. Doch aus dem dicken Gebrabbel dringen immer wieder Töne eines kindischen Flehens, die jedem, auch dem auswärtigsten Menschen verständlich sein müssen, so gut wie ein Lächeln oder ein Schrei. Und noch einmal, wohl mit letzter Kraft, wird er klar und deutlich und befiehlt leise: »Nehmt mich mit.«

Obgleich die Männer – bis dahin eine Riege und ein Entschluß – nun plötzlich darüber in

Streit verfallen, ob sie Bekker mitnehmen können oder auch nur wollen, wird er zunächst einmal der Länge nach aus dem Lokal getragen.

Da er sich weigert, in ein Taxi zu kriechen, vielmehr, als eines hält und der Türschlag schon offensteht, sich mit erwürgender Kraft um die Nacken seiner Träger klammert, tritt der Anführer dazwischen und beendet mit einem lauten Machtwort das Gerangel. Er bestimmt, daß Bekker nicht seinem Schicksal überlassen, sondern weitergetragen werde. Nun wird der Transport ohne Murren fortgesetzt und alle scheinen auf der Stelle wieder einer Meinung zu sein. Bekker, waagrecht unter dem Himmel, atmet selig aus und rollt hinter geschlossenen Lidern einmal dankbar die Augäpfel. So genießt er die Hilfe wie andere ein Sonnenbad.

Im ausgeräumten Frühstückszimmer einer kleinen verdreckten, von zwei Türken geführten Pension liegen bereits an die zwanzig schlafende Pakistani auf dem Fußboden. Sie haben sich mit Decken und Kleidungsstücken notdürftige Lager bereitet, eng nebeneinander, und wälzen eine erdrückende Luft um, ein Gemisch von stechenden Ausdünstungen, die von Essensresten in Plastiktüten, von Körpern und klammer Kleidung ausgehen, ein unerträglicher Gestank, für Bekker indessen, der am Fremden schnüffelt wie der Ekstatiker am Pilzsud, öffnet sich der ersehnte Dunstkreis der ganz anderen Erde, Haut und Ernährung. Die verspäteten Männer drängeln sich zwischen ihre schlafenden Kameraden, strecken sich auf den Mänteln und Pullovern aus. Bekker wird neben den Anführer gelegt, der ihm ein überstricktes Bürostuhlkissen unter den Kopf schiebt. »Danke, danke«, murmelt Bekker und greift nach der fürsorglichen Hand, die sich ihm jedoch hart und scheu entschlägt. Er liegt noch für eine kurze, glückliche Besinnung wach auf dem Hinterkopf, versucht sein Asyl, den Schutz des Lagers sowie die Entlegenheit der eignen Person ganz auszukosten, bis ihm dann alle Gewißheit davonschwankt und sein Gesicht auf das nach Hundefell und After stinkende Kissen rutscht.

Gegen Morgen wird er durch einen bitteren Traum, eine innerste Vertreibung aus dem Schlaf gestoßen. Ohne recht zu wissen, wie ihm geschieht und was er zu tun gedenkt, rafft er sich auf und kriecht auf allen vieren aus dem Zimmer. Im Flur zieht er sich am Treppengeländer hoch und tappt auf wackligen Beinen hinunter zum Ausgang. Er verläßt die Pension. Draußen ist es noch dunkel und still. Eine feuchte Kälte schlägt ihm entgegen, er hustet und spuckt aus. Vor ihm die Kreuzung und ein einziges erleuchtetes Fenster auf der anderen Seite flattern in seinem betrunkenen Kopf wie ein Film, kurz bevor er reißt.

Zitternd am ganzen Leib stolpert er über die Fahrbahn. Das Licht gehört zu einer Imbißstube, in der schon bewirtet wird. Sie liegt am Rand eines Omnibusbahnhofs. Dort bestellt Bekker den ersten Cognac des Morgens. Es beruhigt ihn, den Busfahrern zuzuhören, die gerade die Nachricht vom Tod eines Kollegen erhielten, der in der Nacht einen Herzinfarkt erlitt. Daher sind sie zu keinen Scherzen aufgelegt. Der Tod eines ihm völlig unbekannten Menschen gleitet durch das leise und fassungslose Gerede der Männer an ihn heran, berührt ihn und hebt ihn an wie eine Welle, die einen Gestrandeten zurück aufs offene Menschenmeer tragen möchte. Dann aber geht er zum Telefon und wählt die Polizei. Er meldet sich als der Wirt der Hotelpension ›Utah‹, Utah wie der amerikanische Bundesstaat, Oranien-Ecke Fichtenbergstraße, und gibt an, er habe fünfunddreißig illegale pakistanische Einwanderer auf seinen Zimmern, die seine Frau versehentlich, ohne sein Wissen aufgenommen hätte und die sich nun entschlossen weigerten, sein Haus wieder zu verlassen. Er wisse aber, daß diese armen Teufel abgeschoben gehörten und er sie nicht länger bei sich unterbringen dürfe. Daher erbitte er Hilfe von der Polizei... Anschließend nimmt er noch einen zweiten Cognac und geht dann zurück in die Pension, deren Haustür er beim Ausgang angelehnt ließ. Er schleicht hinauf zum Lager und legt sich wieder auf seinen Platz inmitten der schlafenden Männer.

Eine halbe Stunde später fahren draußen zwei Transportwagen der Polizei vor. Die Wirtsleute werden herausgeklingelt und wollen die Beamten nicht einlassen, indem sie leugnen, sie überhaupt gerufen zu haben. Gleichzeitig sind die Türken viel zu aufgeregt, um sich lange genug dumm zu stellen und durch fuchtelndes Abstreiten wird die Meldung des anonymen Denunzianten auf die Dauer nicht unglaubwürdiger.

Also erscheinen die Polizisten wenig später am Lager der Pakistani, ohne schwere Bewaffnung zwar, doch in übertrieben starker Zahl, an die sechs oder acht Männer, unter ihnen einige sehr junge, mit schlaksigen Bewegungen und über den Mützenrand quellenden Locken, so daß es anmutet, als wüchse ein solch unreifer Bursche doch noch einmal seine Uniform entzwei. Mit lautem Poltern gegen die ohnehin offenstehende Tür werden die Pakistani geweckt und ohne vorherige Erklärung und Kontrolle aufgefordert, ihre Sachen zusammenzupacken und sich für den Transport aufs Ausländerdezernat bereit zu machen. Die meisten, vor allem die, die am Vorabend nicht Bekkers Bekanntschaft machten, tun willig und unverzüglich, was von ihnen verlangt wird. Offenbar haben sie schon seit langem nichts mehr erwartet, als eines Tages auf diese Weise entdeckt und abgeführt zu werden. Sie zeigen sich nicht im mindesten überrascht oder widerständig. Nach so vielen Abweisungen und soviel vergeblicher Suche müssen ihnen die Beamten gleichsam als Reiseleiter erscheinen, die nun endlich für ihre kostenlose Heimkehr Sorge tragen werden. Bekker allein muß sich ausweisen. Er wird besonders barsch behandelt. Man vermutet wohl, in ihm einen Agenten, einen deutschen Mittelsmann des, wie es in den Zeitungen immer wieder heißt, schmutzigen und schurkenhaften Menschenhandels aufgegriffen zu haben. Gar als er noch behauptet, er hielte sich lediglich hier auf, weil er mit einer Gruppe dieser Männer persönlich befreundet sei und wie zum Beweis einige Namen, die ihm aus der vergangenen Nacht noch erinnerlich sind, nennt und fast auf liebkosende Weise klingen läßt: Ghulam, Fakhar, Ifran, Nalem, Quaissar..., da wird er von einem der jüngeren Beamten angeschnauzt, der plötzlich und ganz aus eigenem Herzen etwas Hellempörtes über den menschlichen Dreck, der für ihn ein Menschenhändler ist, ausstößt. Die Männer, deren Namen Bekker klingen ließ, sahen nacheinander ein letztes Mal zu ihm hin, ob denn von ihm, dem Herrn, dem verirrten, noch etwas ausginge oder zu erwarten sei. Als dies nicht geschieht, sie vielmehr bemerken, daß er noch verächtlicher von den Staatsröcken angefaßt wird als sie selber, nehmen sie ihn nicht länger wahr, schneiden ihn ihre Blicke.

Bekker verfällt, schon auf der Fahrt ins Dezernat und später erst recht beim Verhör, in eine sture Versonnenheit, in einen ebenso souveränen wie zugleich bodenlosen Trübsinn. Seine Tat, Liebe und Liebesverrat, verwandelt sich ihm zu einem tiefen und gegenstandslosen Ereignis, über das man niemals sprechen sollte. So beantwortet er lediglich Fragen zu seiner Person und jede kriminelle Unterstellung hinsichtlich seiner Beziehung zu den Pakistanern mit nur einem einzigen frechen Wort, breit ausgedrückt: »Quatsch«. Da man ihm dies auf die Dauer nicht durchgehen läßt, sondern es die Beamten reizt, ihrerseits mit größerer Unverschämtheit die Gesetzesmacht zu vertreten, wird Bekker nach einem Zwischenfall, einer groben Androhung von Haftstrafe, plötzlich ungehalten, verlangt seine Tochter zu Hause zu sprechen, damit sie ihm einen Rechtsanwalt besorge. Er telefoniert also mit Grit und erklärt, was ihm zugestoßen sei, mit wenigen, ungewöhnlich präzisen und bestimmten Worten, so daß sie keine Gelegenheit findet, zu stöhnen, Vorwürfe zu machen und nach dem Sinn seiner Handlungen zu fragen. Er bittet sie, sich mit Bruno Stöss, dem ehemaligen und einzigen Vertrauten im Institut, in Verbindung zu setzen, denn wie er sich erinnern könne, habe der ihm früher einmal in einer anderen Sache einen ausgezeichneten Anwalt beschafft. Grit antwortet gefaßt, beinahe routiniert, weist den Vater an, die Aussage zu verweigern, alle Anschuldigungen abzuleugnen, seine Fantasie in Zaum zu halten, damit er sich nicht leichtsinnig selbst belaste...

Kaum eine Stunde später wird Bekker aus der Verwahrung entlassen. Jedoch ohne daß sich ein Anwalt eingeschaltet hätte. Grit hatte getan, worum sie gebeten worden war, doch Bruno Stöss im Institut hatte nach eigenem Gutdünken einen anderen Weg eingeschlagen, keinen Rechtsanwalt beauftragt, da er zu wissen glaubte, wie man den Vorfall auf weniger aufwendige Weise erledigen könne. Er hatte Zachler unterrichtet. In jener Erregung, mit der man zwei Menschen, die man beide unsterblich liebt, die sich aber untereinander spinnefeind sind, zusammenführen und versöhnen möchte, war er zum Chef gelaufen und hatte ihn gebeten, sich für Bekker zu verwenden. Er hatte hier einfach die Gelegenheit, vielleicht die letzte, gewittert, den Herrn noch einmal an seinen ›begabten Hund‹, wie Zachler ihn früher gern genannt hatte, heranzubringen; und Bekker selber, so glaubte er, würde ein Eingreifen des Chefs bestimmt bewegen, nun endlich die Kurve zu nehmen und ins Institut zurückzukehren, bevor es endgültig zu spät wäre und die Selbstzerstückelung von ihm nurmehr einen nutzlosen Idioten, einen geistig-seelischen Kadaver zurückließe. Zachler griff ohne zu zögern zum Hörer – aber eben auch so rasch, daß nicht die Spur einer inneren Regung an ihm zu bemerken war, nichts davon, wie er eigentlich auf Bekker zu sprechen war, ob es ihn noch nach dessen Rückkunft verlangte (wie vor Wochen einmal heimlich gestanden) oder ob der Mann, der ihn dauernd bekriegen möchte, jetzt, so weit unten und abgeschlagen, ihm vollkommen gleichgültig geworden war. Zachler also ließ sich mit dem Leiter der Ausländerbehörde verbinden, einem ihm gut bekannten Beamten, und stellte fest, unnahbar und schnell sprechend, wie es seine Art ist, daß sein Mitarbeiter Bekker im Auftrag des Instituts über Bewegungen auf dem illegalen Arbeitsmarkt recherchiere, daß eine solche Aufgabe der Natur der Sache entsprechend ein verschwiegenes Auftreten erfordere und daß, um sogenannte Dunkelziffern aufzulichten, der Ermittler sich selbst gewissermaßen im Schutz der Dunkelheit bewegen müsse...

Zachler bezeugte Bekkers Leumund. Es kostete ihn wenig Mühe, den verrannten Krieger, der zur Schlacht nicht zurückfindet, wieder frei zu bekommen.

Am Abend kehrt Bekker etwas gekrümmt und eingeschüchtert heim. Er hat nicht erfahren, wes-

sen Hand sich über seinem Scheitel rührte, ist
auch nicht daran interessiert, es herauszufinden.
Weniger der Polizeigewahrsam beschäftigt ihn als
einzig und unablässig das Abenteuer der Radio-
rede und – auf irgendeine unfaßliche Weise darauf
folgend – der pakistanische Umzug und Liebesverrat.

Der aufgebäumte Redner ist jetzt in sich zu-
sammengerutscht. Es will sich nur noch ein dün-
nes, trauriges Murmeln erheben. Der starre My-
ste hat einen Knacks bekommen. Den schroffen,
kühlen Blicken von Grit hat er nichts entgegen-
zuhalten. Er sieht ein wenig beleidigt beiseite, wie
der kleine Junge, der nach einem größeren Malheur Schläge an den Hinterkopf erhielt und dafür
nun mit unnahbarer Trauermiene zurückstraft:
Schade um uns, Mama... Jedoch lassen sich derart bei Grit keine mütterlichen und erst recht
keine Schuldgefühle wecken. Sie sucht vielmehr
an diesem Abend die Aussprache mit ihm. Sie sitzen einander im Fernsehzimmer auf zwei rollba-
ren Ledersesseln gegenüber. »Was machst du?«
fragt Grit mit sich fallenlassendem Begreifen.
»Wie soll das weitergehen?« Und: »Wann gehst
du endlich wieder zurück ins Institut?« Der Vater
wiegt immerzu den Kopf leicht hin und her, als
sei er unschlüssig der einzig richtigen Antwort.
Aber es kommt überhaupt keine. So verebben
Grits Fragen allmählich vor dem gründlichen

Schweiger, der mit dem Kopf wackelt und kurz vor dem ersten Ton einer Erwiderung es sich immer noch einmal anders überlegt. Mit einem Seufzer greift sie zum Nähzeug und beginnt das Taschenfutter von Bekkers Trachtenjacke zu stopfen. Erst lange nachdem sie ihre letzte, schon gleichgültige Frage gestellt hat: »Was hast du denn auf der Polizei gesagt, wer du bist? Was hast du denen denn bloß erzählt?«, da kommt von der anderen Seite ein leises, andauerndes Murmeln herüber, etwas, das dürr und gerümpelt klingt, wie wenn Vergessenes, Entfallenes selbst spräche... »Konnt ja nicht sprechen vorm Staat. Nur stockstumm rumstehn konnt ich am Staat. Aber zuck blöd wie vorm Lateinschmidt immer Lehrer vor mir, aber als Streber in tres faciunt collegium red ich, welche drei auch immer. Bin jetzt 42 oder gar 42½ wie meine Schuhgröße so groß. Tief schief auf gütigen Sohlen. Tat ist abgetan. Sprache, die Nuß, spaltet und spaltet und spaltet sich und andere. Hunderttausende! Nein, Gesetz, nicht dich vergeß ich. Gesetz!, du wahrlich liest mich. Lies mich, Liebstes, vor und vor. Denn in der Welt ganz unten, an der Lahn, tief und schief, steht ein Apfelabschneider und sammelt zur Nacht unser von allen vergessenes, hängendes Obst. Und das Käppi rutscht ihm nicht vom Deez, aufwärtsblickend in seines Baumes Kronenmond. Grüßt einander, los, Baum du und

Mensch du, mit Neigung, grüßt euch wieder!
...Na endlich. Nichts schöner als alt werden in
junger Demokratie. Schmatzig, stramme Hose
überm Arsch! und Marasmus. Gescheite Leute,
gut präpariert. Nur die Zerstörer werden hart bestraft. Gerade sie, die Attentäter! ...Unsinn des
Staats!, der selbst ja wenig weiß, wie's recht ist,
außer daß er viel know how besitzt und Schöpfer
dieses duftigen Gartengefängnisses ist, wo wir
alle kreuz und quer herumrennen können und
auch jeder auf eine Säule zeitweilens hochklettern
darf meinetwegen Fernsehturm, und runter-
guckt, 43 Jahre war Simon Stylites immerhin da
oben. Außerdem, wie gesagt, weiß Staat selber so
Recht nicht und müßte nicht gegen Attentäter
sein, die das Leben selber sind, wie alle Spaltpilze.
Gibt gar wenig Vaterland noch, nennt sich Züch-
tiger und Zuchttum. Der Lügenstrick drillt sich
und drillt sich. Nimm keine Hand mehr an! Land
steht die Ohren ab. Clownszeug verschrumpelt.
Schieber sind alle meine Sprecher... Lieber Herr,
schreibt mir ein Schieber von fern, Sie sind infan-
til. Keine Besuche! ...Meine Güte! Back dir
Brötchen auf deinem hitzigen Kopf oder Sche-
mel! ...Hab einmal im Radio geredet, na und?
Ganz allein zu nachtschlafender Zeit, wo selbst
Herr Aufnahmeleiter gutsinnig einnickte.
›Warum haben Sie sich denn so kolossal in Schale
geworfen?‹ fragt er mich, ›sieht Sie doch keiner!‹

Na, sag ich zu ihm, ist aber doch was Besonderes
für mich heute abend. Saß stundenlang allein unterm Kreuz des Mikros. Hetzte aber nicht und
schalt gegen niemand. Hetzte mich ja auch keiner
und schalt nicht. In der Stadt liegt so ziemlich alles nah und am Fenster. An der Lahn seinerzeit
hätte man dafür über hundert Kilometer zurück-
legen müssen, um bis ins Herz der Radios zu gelangen. Und wäre auch wegen meiner allzu großen Jugend nicht genommen worden... In New
York auf der 14. Straße sprach mich einer an und
wußte, wer Carl Schmitt ist. Ich glücklich. Gut,
Damenklo, seh ich ein, tret ich anderswo aus.
Aber Hausverbot für das? Ihr habt mir vielleicht
Zornesbinden um die Köppe, ihr Ausbeuter der
Strahlen... Nicht des Rotzes vom Gesang würdig
seid ihr! Alles was sich tun läßt, verdammt, auf
der Stelle trampeln und um sich schlagen. Dabei,
wie wohl tät's, einmal von Ganzem Herzen un-
terwürfig zu sein an einen Stärkeren und Leidens-
stärkeren... als da ist mein Baum, die Große da
vorne ist Meine Kastanie. Könnte sein, daß sie
eingeht in Trauer um den Tod ihres Menschenge-
fährten. Wir waren ja lange genug beisammen. Je,
je, sagen sie nun, bei den Bäumen sich anwanzen,
daß es nicht mehr schön ist, du!, und machen mir
auch das noch madig. Bin ja bloß allein daneben
gestanden. Konnte kein Feuer austeilen. Da
brannte ich durch, verglüht, verkohlt, zersplit-

tert, zerfiel. Will doch sorgen, daß sie meine Asche tönen lassen. Blond, wie ich war, ein Deutscher.

Ich bin wahrscheinlich alt und draußen ist fast nichts mehr. Sommer, Winter und Konsorten, ja, gibt es noch. Doch das freut wenig. Man seufzt jetzt schon unter den zu schweren Schwingen der Lungen. Nur die Augen, die Augen... das Paar! Ein letztes Zusammengehöriges. Aber sonst? Der Mensch steht unschön ab vom Erdenrund. Wenn der Engel uns aufräumen kommt, dann faltet er die Steher mittendurch, den Kopf zu den Füßen.«

In den folgenden Tagen sieht Bekker zu, daß er Grit nur selten unter die Augen tritt, und falls es doch geschieht, redet er nichts und vertieft sich in die verschiedenen Aufgaben, die er für Wohnung und Küche sich eingeteilt hat. Diese werden von ihm inzwischen weniger auffällig durchgeführt; leise, aber ununterbrochen. Es scheint geradezu, als suche er in dieser abgeschiedenen, ewigen Besorgung des Haushalts wie einen Fluch zu tilgen, was er nach außen hin als ein unnützes und anstößiges Mitglied der Gesellschaft verbrochen hat. Gar nichts außer acht zu lassen und alles im voraus zu bedenken, ist sein Ehrgeiz und sein Vergnügen. Mitten in der Nacht, da er ohne Alkohol ist und wenig Schlaf findet, fällt ihm ein, wie gern Grit nach frischen Nüssen greift und daß sie ihr eben vorm Fernsehen ausgegangen sind. Also holt er aus der Speisekammer den Nußkorb, in dem der Vorrat täglich aufgefüllt wird, und hockt sich unter seine Tischlampe, um eine gleichgroße Menge von Wal-, Hasel-, Erd- und Paranüssen aufzuknacken und in getrennte Lager abzuzählen. Obgleich er jede einzelne Frucht so vorsichtig zerlegt, als könnte eine Perle darin verborgen sein, setzt das Aufpressen der Schale mit einem alten Zangenöffner doch hin und wieder einen hellen Knall in die nächtliche Ruhe. Nach einer Weile rappelt es an seiner Kammer und Grit steht in der Tür, nackt, verschlafen, mit Kniepaugen. »Was tust du?« fragt sie grob. Der Vater zeigt und bietet mit aufgeklappten Händen die vielen Nüsse. »Das knackt doch durchs ganze Haus! Hör auf damit.« Sie dreht sich aus der Tür und wirft sie hinter sich zu. Huij! Ein steifer, schneidender Ärztinnenkittel faucht durch die Luft... Bekker rollt alle Kerne in eine große Glasschüssel und gräbt sie um, bis sich genau die bunte Mischung ergibt, die gefällt. Ein Markt ohne Seelen! flüstert er, in den Nüssen lesend, ein Markt ohne Seelen, ein von allen am hellichten Tag verlassener Markt, mit Tischen, Ständen voller Früchte, Eier, Geflügel, Gelder, Kassen und Schilder, jedoch ohne Händler, ohne Käufer... ein zurückgelassener Reichtum, niemand mehr zunutze... Oh, diese aufgerissene Tür und ein Geblitz, daß es mir den Atem abpreßt und ich einen so roten und aufgestöberten Kopf bekomme! Oh nicht diese Gesichteschraube, nicht diese Visionshalskrause! ...Ein Mann unter Glassturz, der Kassierer in seiner Kabine. Das gerade neu eröffnete Bankhaus mit seinen vielen freundlichen Pflanzen, seinem frischen Grün, seinen verspielten Treppengängen, seinem gedämpften Schall, seinen hohen dunkelgetönten Glaswänden, seiner feinen Renaissancemusik und seinen Lederschaukeln vor kleinen Brunnenschalen zum Verweilen der Kunden im Lichthof... Der Mann kennt keine Ergebenheit, kein Fußen, kein Liebesja. Nun kann er den Blick nicht wenden von dem Mädchen, das vor seinem Schalter steht und darauf wartet, daß er ihm dreihundert Mark in Dollar eintauscht. Er sieht der schönen Kundin in die seltsam geweiteten, schwarzen Pupillen. Es scheint, daß sie überall hinblicken möchte. Doch ihre Augen bewegen sich unendlich langsamer als alle anderen menschlichen Augen und nicht ein einziger Wimpernschlag flattert dazwischen. Er kann sich nicht satt sehen an diesem großen, auf seine Finger wartenden Blick. Da träumt ihm jäh von einer himmelhohen Meereswelle – Springflut sagte man früher, bevor man dergleichen sah –, die rollt vom Horizont, steil aufgerichtet wie eine Weltkobra, allesbeschattend, auf das Land zu, bricht unsere Städte auf und preßt die Menschen an den Häuserwänden in die Höhe, und blutige Gischt beleuchten fallende Deckenlichter... Unter der größten Bedrückung sagt der Kassierer: »Ich möchte Sie nicht beunruhigen, doch die Scheine, die sie mir gaben, sind nicht echt. Es ist falsches Geld.« Ihm ist, als käme seine Stimme ganz vorne aus einem winzigen Transistor, der unmittelbar hinter seiner Oberlippe hängt, so winzig ist ihm der eigene Ton. Die schöne Kundin sieht ihm gerade ins Gesicht und dann, unendlich langsam, blickt sie zurück auf seine Finger. Kein Zweifel: sie wartet weiter. Sie wartet unverzagt. Sie schweigt. Was er Ungeheuerliches gesagt hat, rührt sie nicht. Ja, nun tippt sie sogar, ein wenig antreibend, mit dem rechten Zeigefinger, mit einem spitzen, langen, mattlackierten Nagel auf den Marmorsims vor dem Kassenfenster.

Ob sie ihn nicht verstanden hat? Deutsche ist sie doch vermutlich. Und selbst wenn nicht, selbst wenn finnisch oder ein noch unverwandterer Erdenbürger, auf einen solchen Satz wie den vom Falschgeld müßte sie doch zumindest nachfragen oder fragende Miene machen. Warum fragt sie aber nichts? Der Beamte wagt längst nicht mehr nach oben zu blicken, wo das große Mädchen ist. Oh, denkt er, sie wartet wohl frech, daß ich sie ansehe und, darüber beglückt und verzaubert, das Falschgeld stillschweigend wieder unbemerkt mache und handle, wie es den auszahlenden Fingern obliegt. Er weigert sich aber, den Satz vom Falschgeld zu wiederholen. Und das Mädchen wartet weiterhin. Stünden hinter ihr andere Kunden, die auf diese unendliche Person und ihre Abfertigung warteten, der Druck würde sich ins Außerirdische steigern und würde das menschliche Bewußtsein sprengen. Doch hinter ihr steht zum Glück niemand. Sie sieht jetzt, wie in sehr lange Weile gefaßt, die lieblich ausgestattete Bankhalle hinauf und hinunter. Und ich gebe ihr nichts! denkt der Kassierer, und sehe sie auch ganz bestimmt nie wieder an und sage es auch nicht zum zweiten Mal... So bleibt beider Leben angehalten, bis sich nichts, aber auch gar nichts mehr bewegt.

Hier muß ich raus! ruft Bekker und stürzt die Schale mit Nüssen vom Tisch. Hier muß ich unbedingt und auf der Stelle hinaus!, als wäre er eine Schabe, die im Abguß des Spülsteins zappelt.

Er rennt aus der Kammer und in den vorderen Teil der Wohnung hinein. Er reißt die Tür zu Grits Schlafzimmer auf und ruft geradewegs in die Dunkelheit: »Warum isolierst du mich so?! Warum denn? Ich halte es nicht länger aus. Du stellst mein Bett aus dem benachbarten Zimmer in dieses so furchtbar einzelne Zimmer, ganz hinten in unserer Wohnung, und ich bin von allem

Vorderen abgeschnitten. Die Nische, die Kammer hinter dem Bad ist praktisch schon soviel wie eine Gruft, wo es sich morgens nur unter den zugenageltesten Umständen aufwachen läßt. Röcheln und Pusten im Schlaf, sagst du, haben dich an mir erschreckt. Ja, gut. Das Tönen im Schlaf mag sich im Laufe der Jahre verschlimmert haben. Aber ich frage dich: hört es sich nicht an wie japsende Hilferufe einer arg geknebelten Seele? So scheint mir doch. Und machen am Hintergründigen und am Alleinsein im Schlaf kann doch kein Mensch etwas. Selbst bei nächster Nähe nicht. Und wenn du obendrein wüßtest, wie mir der Kopf morgens in den Kissen nach rechts und links ausschlägt, wie bei einem abgestochenen Vieh in seinen letzten Zuckungen —«

Plötzlich verstummt er. Inmitten der Beschwerde hat sich sein Mut mit einem Mal erschöpft. Im ersten Augenblick Aufbäumung, im selben schon wieder Unterwerfung – er schleicht leise aus dem Finstern des Schlafzimmers zurück, ohne auch nur den ersten Hauch einer Antwort abzuwarten, und dann flüchtet er aus dem vorderen Teil der Wohnung. Ihm vor Augen steht, wie Grit sich im Bett steil aufrichtet, obwohl er sie gar nicht gesehen hat, mit größer und größer werdendem Erwachen und schließlich mit sperrangelweiten Augen...

Eine Zeitlang, während er mit Grits Krankenpflege zu tun hatte und also wirklich von Nutzen sein mußte, gewann Bekker wieder an Stand und Sicht, so nüchtern und zuverlässig, wie man es bei einem Mann Anfang vierzig mit normalen Bindungen an Beruf und Familie anzutreffen gewohnt ist. Man konnte ihn auch wieder in allen möglichen Dingen um Rat fragen und er war in der Lage, seiner Erfahrungen Herr zu werden und eine verständige, gelassene Rede zu führen.

Nun, nach der Sorge, ist es damit wieder vorbei. Immer deutlicher tritt jetzt die Maske des alten Mannes aus dem ermüdeten, breiten Gesicht hervor, nimmt das Geflacker seines seltsam vorgerückten Geistes wieder zu. Züge der Kraft und solche des Verfalls beherrschen nebeneinander dasselbe Gesicht wie bei einem unfesten, doppeloder wechselzeitigen Fabelmonster, das in Gegenwart und Zukunft, in Männlichkeit und Greisentum zugleich sein Leben führt. Die matten, graublauen Augen, wunschlos groß. Das zwanghafte Abschweifen des Blicks, wenn Grit mit ihm redet und ihn alles, die nebensächlichsten Gegenstände zerstreuen und vom Zuhören ablenken. Das struppige dunkelblonde Haar, zerlegen und verwirbelt, seit langem nicht frisiert, mit abgespreizten wippenden Strähnen. Die schlaffen Falten unterm Kinn, die Trinkerrillen unter den Augen, die trockene, schuppige Haut, die etwas zu kurze, aufgestülpte Nase wie die eines Silen, und doch über allem die breite, steile Stirn, die nicht beschleichbare, wehrhafte Front. Die rechte Hand häufig über dem Herzen ruhend wie in Erwartung eines Schlags von dort oder auch nur um hin und wieder nervös am Brustnippel zu drücken. Die aufgedunsenen Wangen und der volle, erschlaffte Mund, die Lippen, die etwas so Weiches, ja Eingeweichtes haben, daß man an ein in Kaffee gestipptes Brötchen denken muß. Ein immer halb aufgeklapptes Maul, als hätte ein unmäßiger Schrei die Muskeln überdehnt, die Gesichtsfarbe so schwach und fahl, als sei sie nach einem unmäßigen Erbleichen für immer entwichen; ein jähes, absolutes Erbleichen, von dem keine Haut sich je wieder erholte. So ist er, wie durch ein Gewitter höchster Strahlen, plötzlich Greis und ein halber Idiot geworden, mitten im besten Mannesalter und während er noch, kurz vor der vierten Einkehr, das Zachlersche Institut umkreist, die unentrinnbare Arbeitsstätte.

Grit beobachtet ihren Vater bei den absonderlichsten Verrichtungen. Etwa findet sie ihn auf den Knien am Boden hocken, wie er mit den Fingerspitzen die Teppichfransen auskämmt: er macht ihr das Fernsehzimmer zurecht, damit sie aus dem Geschäft kommend es zuhause ordentlich habe. Beängstigend auch das häufige Einnicken, wo immer er sitzt und liest, und er hält sich oft den ganzen Tag über an der Zeitung fest, in der er gelesene Artikel ankreuzen muß, um sie nicht wieder und wieder zu lesen. In solcher Gedankenlosigkeit, denkt Grit, steckt doch immer schon etwas vom Tod. Sie herrscht ihn an, versucht sich seiner Bedienung zu erwehren, ihn mit Angriffen und gewaltsam aus seinen betäubten Gängen zu wecken und zu sich selber aufzurütteln. »So geht es nicht weiter. Ich habe doch keine Lust mitanzusehen, wie du hier langsam vor dich hin faulst. Tu etwas, Vater! Mach irgend etwas... Sitz hier nicht rum. Warum gehst du nicht endlich zu Zachler zurück? Hier sitzt du bloß herum und verscheuchst meine Freunde. So geht es nicht weiter. Verstehst du mich?«

Vergebens. Der Vater läßt sich nicht rühren und nicht schrecken. Er sieht dumm erstaunt an Grit vorbei und murmelt: »Schema F... Schema F... Schema F.« – »Was soll das heißen: ›Schema F‹?« fragt Grit gereizt, aber es kommt keine Antwort. Der Alte schweigt die meiste Zeit. Doch will er beständig neben ihr sein. Er hat jede Scheu vor dem vorderen Teil der Wohnung verloren. Es nützt nichts, ihn anzubrüllen, ihm zu drohen oder Tränen der Verzweiflung zu vergießen. Er folgt seiner schmalen Triebspur blind, willenlos, unbeirrt. Einzig verschlossene Türen und manchmal Stöße gegen die Schultern können den überall andringenden, aber doch mageren Körper aufhalten.

Am Abend kommt er zum Fernsehen und sitzt stumm neben Grit auf der Couch. Dort bleibt er während des Programms in sich gesunken, hebt den Kopf nur gelegentlich verwundert in die Höhe, man weiß nicht, auf welche Reize oder Rufe hin.

Duldet sie in diesen Stunden seine Gegenwart auch – abgelenkt durch Fernsehfilme und sogar, wenn es etwas Ansprechendes gibt, aus den Illusionen einer hübscheren Welt heraus ihm auf einmal und ganz versehentlich wieder milder, freundlicher zugetan –, so mehren sich auf der anderen Seite doch die Anlässe, durch die sie der Alte in Ekel und Erbleichen versetzt. Schon einige Male ist es in letzter Zeit passiert, daß sie abends nach Hause kommt und ein gemein verstunkenes Badezimmer betreten hat, weil der Vater vergaß, seinen Kot hinunterzuspülen. Daß er sich immer mehr gehenläßt, sich wahrhaftig in eine unwürdige Kreatur verwandelt, erregt nicht bloß ihren Abscheu; es bestürzt sie vielmehr, daß sich dieser gehütete Gestank ja auf irgendeine Weise an sie oder gegen sie richtet, eine verschlüsselte Botschaft, ein schon aus dem Tierischen wirkendes Signal, das der verstummte Mann aus furchtbarer Entfernung ihr sendet. Denn alles, was er anstellt in seinem trägen Brüten, scheint nur um ihretwillen getan und scheint mit ihr doch sprechen zu wollen. Neben ihr auf der Couch, gekrümmt über den eigenen Bauch und die offene Hose, beguckt er sich die Einöde, die braune verschrumpelte Hautfalte seines Geschlechts, zieht es hervor, und, indem er sich vergewissert, daß Grit durchs Fernsehen halb, aber eben nur halb gefesselt ist, beginnt er sich hastig zu reiben, so hastig wie sonst kaum noch eine Handbewegung an ihm ist. Ohne es zu wollen, greift Grit, um ihn zu ermahnen, zu einem völlig fremden Ton und wird zur gestrengen Mama: »Ich bitte dich: laß es sein. Dafür haben wir eine Toilette, Vater.«

Da er nicht gehorcht, schlägt sie ihm gar die Hände aus dem Schoß und zerrt die Hose zu. Der Vater dreht barsch den Kopf zur Seite, kreuzt die Arme fest über der Brust und bietet die unsinnige Pose des beleidigten Herrn im Hause.

Jetzt wird es Grit gewahr, daß sie dies in eine dunkle List verwickelte Zusammenleben mit dem Vater nicht länger mit Pflichtbewußtsein und Geduld ertragen kann. Alles verschlimmert sich von Tag zu Tag. Immer häufiger ertappt sie sich inzwischen bei Anwandlungen und Veränderungen ihrer Person, die ihr ganz und gar nicht willkommen sind und ihrer Jugend schlecht anstehen, ihr den eigentlichen Leichtsinn und die Lebensfreude verderben. So wie sie sich zuhause aufführen muß, ist ihr ja oft zumute, als sei sie mit ihren knapp über zwanzig Jahren nicht die Tochter dieses Mannes, sondern vielmehr die schon etwas sonderlich und ältlich gewordene Mama eines greisenhaften Kindes. Unentwegt ermahnen, drohen, abschlagen, sich gestört und belästigt fühlen, das macht einen ganz unwillkürlich und ohne daß es die Natur so gewollt hätte, zu einer lieblosen, unglücklichen Mutter. Es macht einen kleinmütig und bildet auf Dauer nicht wieder auszumerzende Macken und Empfindlichkeiten aus. Stärker als je zuvor wird sie sich dessen bewußt, daß um sie herum nur noch der Vater ist und kein anderer Mensch, kein Joseph, niemand. Nicht von ungefähr ist der Eifer übertrieben, mit dem sie auf alles achtet, was vom Vater kommt, und keine Gelegenheit ausläßt, ihn einzuschränken. ›Überreaktionen‹ wirft sie sich schon selber manchmal vor. Aber eben für diese muß ja ein verborgener Grund bestehen.

Sie fühlt sich jedenfalls von dem trübe durch die Wohnung schnürenden Alten immer enger eingekreist und gefangengehalten in einem muffig hitzigen Nest, das jeder Tagesumlauf verzweigter und undurchlässiger macht. Allmählich wird sie unfrei am ganzen Körper und bewegt sich zuhause bedrückt und schleppend, gleichsam in dem Bewußtsein, das Ziel und die Beute der dumpfen Heimkehr dieses Mannes zu sein, der nicht zu ihr kam, um sich von einer gescheiterten Bemühung im Beruf (nämlich in Oldenburg zu bleiben) vorübergehend zu erholen, sondern der wahrscheinlich sogar in Oldenburg scheitern mußte, *weil* er unter allen Umständen und so früh wie möglich zu ihr kommen wollte. Der nun keinerlei Anstalten macht, sich wieder von ihr zu lösen, sich wieder aufzuraffen und nach draußen zu gehen, ein Draußen überhaupt noch zu erkennen. Dessen ganzes Bleiben und Verführen darauf abgelegt war, sie, das Kind zuerst auf untergründig geistige Weise, dann durch Helfen und Sorgen, danach aber mit immer schamloseren Mitteln und zuletzt mit einer gesamten, obszönen Hinfälligkeit hinunterzuzerren in seine stumme Kuhle und ins Alter, in dieses falsche Alter des ewigen Idioten. Ohne die rechten Begriffe dafür zu haben, geht ihr plötzlich, in einem hohen Grauen, der letzte Sinn dieser langsamen Umschlingung auf: »Das ist keine Liebe!« ruft sie, »das ist wirklich keine Liebe!«

Kurz darauf, an einem Sonntagmorgen, als sie sich gerade ausmalt, wie ein weiteres Mal ihr einziger freier Tag unter dem Unheil des lauernden, dösenden Vaters freudlos verstreichen wird, da bricht sie plötzlich – nach einem kurzen, panischen Stau aller bindenden Instinkte – in eine wahre Raserei von Befreiungswut aus. Ohne jede Vorbereitung rennt sie nach hinten und fällt in die

Kammer des Vaters ein, reißt aus allen Schubfächern seine Sachen heraus, schleppt von der Diele einen großen Rohrplattenkoffer herbei und wirft die Teile kreuz und quer hinein. »Du wirst von mir nur das Nötigste mitnehmen!« befiehlt sie, besessen und tobend in ihren Handgriffen und derart herumjagend, daß das Packen bald dem Zerfleischen eines erlegten Wildes gleicht. »Was du sonst noch brauchst, kannst du dir aus deiner Wohnung in Oldenburg holen.«

Der Vater, der auf dem Bett angezogen gelegen und an die Decke gestarrt hatte, steht nun ohne weiteres auf und holt ruhig aus dem Schrank seine Schuhe, die in einem alten Beutel stecken, da er seit längerem nicht mehr ausgegangen und in den Zimmern stets auf Strümpfen herumgelaufen ist. Er zieht seine Schuhe an, geht dann ins Bad und frisiert sich. Er scheint ohne Einspruch, ja gleichgültig und gefügsam hinzunehmen, daß er jetzt Hals über Kopf ausquartiert werden soll. Als er aus dem Bad zurückkommt, läßt er den Kamm aus der Höhe der Brust in den liederlich gepackten Koffer hinunterfallen.

»Komm!« sagt Grit mit rotem Kopf, »jetzt gehst du.«

Der Vater sieht sie mit einem weichen, dann aber plötzlich unversöhnlichen Blick an. Er sagt nur noch: »Meinetwegen.«

Darauf fahren sie zum Hotel Fehmarn, wo

Bekker wohnte, bevor er seine Tochter wieder-
traf und wo er auch wohnte, solange sie im Krankenhaus lag. Er bekommt wieder ein Zimmer zur
Straße hin, wieder im vierten Stock des schmalen
Neubaus. Grit begleitet den Vater auf sein Zimmer. Er tritt ein, ohne sich im geringsten umzu-
sehen, wie es doch jedermann tut, um den Cha-
rakter eines fremden Raums aufzunehmen, in
dem er auf ungewisse Zeit sich aufhalten wird.
Statt dessen geht er geradewegs auf das Waschbecken zu, prüft den Kalt- und den Warmwasser-
lauf und ebenso am Fenster die Vorrichtung, mit
der man Vorhang und Gardine bewegt. Schließlich schüttet er einen vom Zimmermädchen nicht
geleerten Aschenbecher in den Papierkorb. Dann
setzt er sich auf den Rand des schmalen Betts und
faltet die Hände zwischen den geöffneten Beinen.
›So wird er hier immer sitzen‹, denkt Grit und
plötzlich überfällt sie ein Koller von Reue und
Mitleid. Schon jetzt möchte sie am liebsten alles
widerrufen und den Vater sofort wieder mit nach
Hause nehmen. Sie weint aus klaren Augen.
»Jetzt machen wir es erst mal so«, erklärt sie, etwas bestimmter als ihr zumute ist, »und dann
werden wir weitersehen.«

Der Vater nickt mit dem Kopf; er blickt hinunter auf das zerschlissene Blumenmuster des Bett-
vorlegers. Grit kniet auf einmal neben ihm und
drückt seinen Kopf an ihren Hals. Dann läuft sie

aus dem Zimmer. Unverzüglich steht der Vater auf und beginnt, seinen Koffer auszupacken, die Kleidungsstücke zu ordnen und akkurat in den Schrank zu hängen oder zu legen.

Auf der Heimfahrt versucht Grit sich immer wieder damit zu trösten, daß es dem Vater jetzt sicherlich guttun werde, einmal ganz auf sich selbst gestellt zu sein. Er hat sich doch nur solange gehenlassen können, sagt sie zu sich selber, als immer jemand da war, nämlich sie, vor dem elend dazustehen sich lohnte. Nun ist das vorbei, und er wird sich von allein aufraffen, wird, weiß Gott, in seine Mannesjahre zurückfinden und am Wiederaufbau seines Geistes arbeiten, um am Ende doch ins Institut zurückzukehren und gewiß nicht auf den schlechtesten Posten. Andererseits unterschätzt sie nicht, daß dem Alleingelassenen nun stärker die Gefahr droht, endgültig abzustürzen, restlos zu verschwinden unter falschen Freunden, Staub, Unrast und Delirium. Aber ein Selbsterhaltungstrieb, so meint sie dagegen wieder, müsse ihn zuletzt doch vor dem Schlimmsten bewahren... Nur, was ist das schon für ein kläglicher Trieb, der immerzu stolpert und bockt und den man treten und stoßen muß wie einen lahmen Esel?

Und doch denkt sie sich zu allem ein gutes Ende aus. Je heftiger sie Kummer und Schuldgefühle bedrängen, um so nüchterner und selbstgerechter gewinnt sie die Überzeugung, zwar grausam, aber gut und nützlich gehandelt zu haben.

Zuhause lüftet sie lange die Kammer hinter dem Bad, in der der Vater unter dem schmalen Fenster gehaust hatte, und rückt die wenigen Möbel in einer Ecke zusammen.

Noch in derselben Nacht erreicht sie der erste einer Folge von Anrufen, die sie in den nächsten Wochen immer wieder belästigen und schrecken sollen. Es ist in der Muschel nichts anderes zu hören als das schwere, lüsterne, waldestiefe Atmen eines Mannes, der die Brust eines Riesen haben muß.